名家名译书系

WORLD CLASSIC
MASTERPIECES SERIES

胡适翻译小说与翻译诗歌全集

胡适 /译　王新禧/编注

时代文艺出版社

图书在版编目（CIP）数据

胡适翻译小说与翻译诗歌全集 / 胡适译；王新禧编注．—长春：时代文艺出版社，2018.4

ISBN 978-7-5387-5507-7

Ⅰ.①胡… Ⅱ.①胡… ②王… Ⅲ.①小说集－世界 ②诗集－世界 Ⅳ.①I11

中国版本图书馆CIP数据核字（2017）第190867号

出 品 人　陈　琛
产品总监　郭力家
责任编辑　焦　瑛
装帧设计　陈　阳
排版制作　陈　阳

胡适翻译小说与翻译诗歌全集

胡适　译　王新禧　编注

出版发行 / 时代文艺出版社
地址 / 长春市泰来街1825号　时代文艺出版社　邮编 / 130011
总编办 / 0431-86012927　发行部 / 0431-86012957　北京开发部 / 010-63108163
官方微博 / weibo.com / tlapress　天猫旗舰店 / sdwycbsgf.tmall.com
印刷 / 三河市万龙印装有限公司
开本 / 710mm×1000mm　1 / 16　字数 / 238千字　印张 / 14
版次 / 2018年4月第1版　印次 / 2018年4月第1次印刷　定价 / 32.00元

图书如有印装错误　请寄回印厂调换

出版前言

如果说文艺复兴是“黑暗时代”的中世纪和近代的分水岭，是使欧洲摆脱腐朽的封建宗教束缚，建立新的社会制度体系的前奏曲，那么，五四运动和新文化运动则堪称是“中国的文艺复兴”。因为它同样使中国摆脱了腐朽的封建统治束缚，引起了思想和社会变革，是中国建立新社会制度的舆论前提。人文主义哺育的这个时代，巨人辈出。

欧洲文艺复兴时期的巨人，他们为多种学科做出杰出贡献，是当时的博学家；中国文艺复兴时期的学者，也多少存留西方文艺复兴时期巨人的遗风。本社选辑的这套“名家名译书系”，就是为纪念在这个理性的萌芽时期，在文学、历史、心理学等方面做出卓越贡献的先辈们。

书系的译者大多是清廷派遣生、“庚子赔款”官费生或通过其他途径在英、法、美、日等国留学深造过的，他们有的是国内外闻名的作家、教授、文学评论家、文学史家、思想家、语言学家、翻译家、教育家、出版家，有的甚至还是著名的考古学家、收藏家、社会活动家、革命家等，这既使他们的翻译充满人文色彩，又使他们的创作闪烁理性光彩，比起其他译本，他们的译本有大量的注释，涉及神话传说、政治、社会风俗、地理、典籍引用等，显示了译者渊博的知识，可以增加读者的见闻和阅读趣味，非常值得一看。

而且，本次出版选辑的书籍，多是外国文学（包括诗歌、散文、小说、戏剧、文学评论、童话故事等）、历史、心理学名著等最初引进国门时的译本，多是开先河的中文译本，所以在编选的过程中，编者不但选择不同时代、不同国别的名家名著，还注重选择体现不同学科领域的经典译著，具有非常重要的人文阅读、研究和史料价值。

因为历史、社会和文化交流的种种原因，当时的那些民国大家翻译这些世界名著时，正值中国近代文言文向白话文过渡时期，原稿中存在大量民国时期的英译、法译或其他译本转译的人名、书名和地名等，为了更加符合现代读者的阅读习惯，本书都尽最大努力予以纠正。另外，这套丛书多是民国时期翻译的作品，所以文字叙述多是半白文，标点、编排体例等也不同于现在的阅读习惯，本次出版，在尽量保证原书原汁原味的同时，也做了大量的修订工作，以使其更契合21世纪读者的阅读口味！

源远流长的世界文化长廊堪称是一个典藏丰富、精彩纷呈的文明与智慧之海。绵延千载的沉淀，逾越百年的积累，筑就了取之不竭、美不胜收的传世名著宝库。有熠熠生辉的思想明珠，也有不朽的传世之作；有刀光剑影的世界战争史实，也有皆大欢喜的民族融合赞歌。为此，“名家名译书系”系列的编选萃取世界文化史绵延数世纪、丰富积淀之宝藏，从古代的希腊、罗马到近代的印度、意大利；从日本文学的起步，到欧美文化的滥觞……沿着时光的隧道，让读者跟随美丽的文字从远古一步步走到今天，尽阅世界各国数千年的文化风貌，勾画出人类文化发展的演进脉络，并从中获得视觉的美感以及精神的愉悦，从而开始一段愉快的读书之旅。

编者序言：别求新声于异邦，引来春水开先河

——胡适的翻译小说与翻译诗歌

1910年的盛夏，炎炎酷暑中，一位十九岁的少年，在上海登上轮船，与朋友们依依惜别后，向着远在大洋彼岸的美国乘风破浪而进。这少年本名胡洪骍，祖籍安徽绩溪，幼年丧父，寡母含辛茹苦抚养他长大，一路求学至清华。因受达尔文学说“物竞天择，适者生存”的影响，在二哥建议下，改名为胡适，字适之。此刻，他的身份是“庚子赔款”第二期官费留学生。

青衫磊落，负箧西行。这一去，令少年眼界大开。西方思想精华的灌溉孕育，为未来的中国新文化运动造就了一位擎旗驰骋的大将。他和同侪们引来滚滚域外春潮，为中国新文学在新世纪的发展，起到了巨大的探索借鉴作用。

1917年，胡适学成归国。此时的中国，皇朝已去，共和得立。社会新旧交缠，方死方生。已是满腹新思想、要求新变局的胡博士，理所当然地站在革旧鼎新的前沿，出力鼓与呼。他应聘为北京大学教授，又加入《新青年》编辑部，撰文反对封建主义，宣传自由、民主和科学，积极提倡文学革命。在著名的《文学改良刍议》一文中，他提出了“文学改良八事”，轰动文化界与思想界，成为新文化运动的领袖之一。

既为领袖，自然要身体力行。胡适认为引进西方先进文化，进行新文学建设是必须的，但不可能一蹴而就，该当循序渐进。其次序有三步：工具、方法、创造。工具就是“多读模范的白话文学”。为此，他不但撰写了大量理论文章，指点新文学创作，自身更努力实践，为新文学拓荒。早期的《新青年》上，不少名家的作品仍是文言文，而胡适已大胆地尝试起白话诗来。尝试了三年，他的白话诗已积累了几十首，在1919年8月，编成了一本小集子，于次年出版。这便是我国第一部白话诗集——《尝试集》！

然而胡适这个人，一心服膺“实用主义哲学”，思想性格上过于理性，缺乏诗人应有的浪漫气息。《尝试集》中诸篇，大都是为了因应“诗体解放”这个目标，拘束困囿于文字的形式，缺乏实质内容，格局狭小，境界平平。所以总体而言，胡适的白话诗成就并不高。

为了反对旧文学，使新文学现代化，胡适除了努力写白话诗外，在翻译外国小说方面耗费了更加巨大的心力。他在1916年4月的《吾国历史上的文学革命》中，将小说捧至一流文学之列，认为小说亦能登大雅之堂。虽则如此，他自己却创作不出优秀小说，难于做出示范，他经常讲“提倡有心，实行无力”，所以要“介绍几篇名著给后来的新文人做参考的资料”。而“赶紧多多的翻译西洋的文学名著做我们的模范”则是当务之急。“今日欲为祖国造新文学，宜从输入欧西名著入手，使国中人士有所取法，有所观摩，然后乃有自己创造之新文学可言也。”

这一观点，当他在美国攻读学业时已然形成。在1912年，他即着手开始翻译外国名家作品，从中吸收异域营养，务求能以西洋的文学方法作为我国文学创作的模范，进而改造中国文学。在此之前，他已译过三篇小说，不过《暴堪海舰之沉没》和《生死之交》，确切而言，还不能算是真正的小说，只能看作介于札记与故事之间的“准小说”。而译《国殇》时，他刚十八岁，仍在中国公学。译此篇之目的，显然在于受严复、梁启超等人影响，以“救国图存”为期盼，心中尚不存新文学革命之思。

胡适为自己翻译西洋小说定了一个原则：“只译名家著作，不译第二流以下的著作。”故而由后世观之，胡适挑选名家名著的眼光还是颇高的。1912年9月26日，当他铺纸汲墨时，这起手第一篇，便是名震中西，迄今犹脍炙人口的短篇小说杰作《最后一课》。

胡　适

胡适赴美留学时，最初读的是农科，但他自身极爱文哲。出于对西方文史哲名著的渴慕，在必修英语后，又选修了德语、法语，因此他对这三种语文，都有相当的阅读理解能力。方1912年之际，正当民国肇建，乱象汹涌、百弊丛生。胡适痛感国家境况，丧权失地、民不聊生，与都德笔下战败的法国几无二致，遂慨然援笔，数日之间，译毕华章。通观全文，满腔爱国热忱跃然纸上，与都德彼时心境若相符合，可谓文情交融，神追先贤。

《最后一课》初以《割地》之名发表，用这样的译名，所要表达的鲜明的时代印记和强烈的情感信息一目了然。国土沦丧、国亡旦夕的焦虑，在当时中国知识分子的心中激起了巨大的屈辱与悲愤感。胡适又是以“庚子赔款”公费留学生的身份出洋，其留学本身就是割地赔款的伴生物，因此他比一般国人的体验更为痛彻。精心选择这样的小说主题，不啻回应了当时中国现实社会的最大呼声。

胡适所译《最后一课》，是都德作品汉译引进中国的第一篇。胡适以简洁朴素的白话，将一段至悲惨事娓娓道来。尽管略有细节的删改，但那以天真孩童的口吻所传递出的深挚伤痛，深深打动了几代中国读者。此后，这篇小说虽经多人重译，但总的文字基调已由胡适奠定。一百余年来，它一直入选中学语文教材，已在本土语境中成为中国人爱国情感激发和表达的媒介。无论时空与意识形态如何转换，它都已深切熔铸入中国人的文学情感史。

胡适此后所翻译的都德的《柏林之围》、吉卜林的《百愁门》、莫泊桑的《二渔夫》，笔下情感莫不与《最后一课》相类。在这里，翻译价值的选择，是与爱国情愫的表达紧密连接的。

胡适翻译的小说，不单有教化启迪之功，对于中国的语言改革，也有着重大贡献。某年，美国《展望杂志》推选全世界“百名闻人”，胡适当选其一。他去看当选理由，读到一段颂词，不禁失笑。原来，当选理由是：曾经替中国发明了一种新语言。

是啊，新语言！

从文学发展角度来看，当时世界正进入现代阶段，老的语言工具已不能充分表达现代人的思想和观念，需要寻找新的语言工具。胡适在寻找新语言工具的过程中，注意到了短篇小说。借小说以开启民智、唤醒人们自强救国意识，这是胡适翻译小说的初衷。但粗通文墨者对于文言文较难理解，诉诸大众的目的靠文言文无法实现。因此必须译成白话文——“今日之白话是一种活的语言。白话不但不鄙俗，而且甚优美适用。白话并非文言之退化，乃是文言之进化。”——凭借明白晓畅的文字，迅速地直达人心，这就是“新语言”的威力所在。

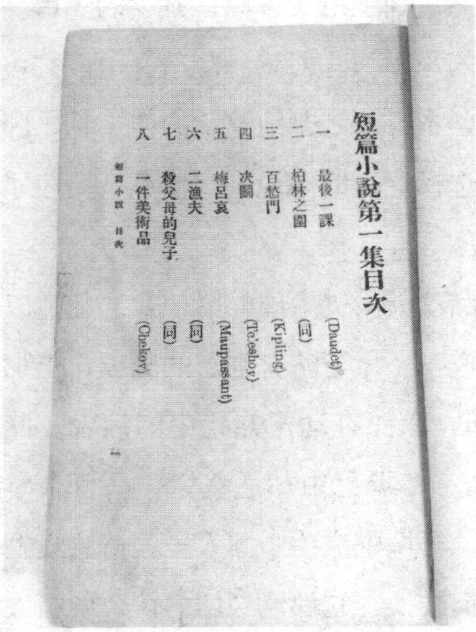
短篇小說第一集目次

一 最後一課 (Daudet)
二 柏林之圍 (同)
三 百愁門 (Kipling)
四 決鬬 (Te'eshov)
五 梅呂哀 (Maupassant)
六 二漁夫 (同)
七 殺父母的兒子 (同)
八 一件美術品 (Chekov)

短篇小說 目次

一

胡适译《短篇小说第一集》目次

在一次与通俗小说大家周瘦鹃的会晤中，胡适曾言道：“译作当然以明白为妙，我译了短篇小说，总得先给我的太太读，和我的孩子们读，他们倘能明白，那就不怕人家不明白咧。”由此可见，胡适对于新语言，着重强调的是要一种“明明白白”的表达方式。晚清时的翻译，普遍被认为是“循华文而失西义”，大多是“着中国装登场的外国故事”，宁伤达而守雅。然而外国小说叙述的是外国的事件，传达的是外国人的情感，里面不仅有文化鸿沟问题，还存在着如何异质趋同的交流问题。倘若翻译文字不够大众化、生活化，以普罗大众的文化程度，怎能达到“明白”的层次呢？绝没有叫人读不懂、看不下去的文学书，而能收到教育与宣传的功效！所以晚清小说翻译的代表——“林纾式的翻译小说的失败”，就在于它对大多数读者而言“不明白”，故而难以普及流传。因此，胡适终身都坚持文学作品的翻译，应该努力做到叙述通顺流畅、意义清晰明了。新语言也正是“新”在此处。

作为迄今仍被追捧的“文学革命的建筑师”，胡适借由翻译小说，着着实实地干了一番推广新语言的事业。他全力以赴地使用活的通俗语言去代替“半死”的文言，作为教学工具和文学媒介。1919年出版的胡适译《短篇小说第一集》，就是他尝试推广新语言的一个标本。该书所收录的小说、文论，大多数已全用白话。虽然尚有三篇小说系以文言文译成，但字里行间，亦已在力求流畅与易懂性了。他在该书自序中说，这些小说“不是一时译的，所以有几篇是用文言译的，现在也来不及改译了。”如果来得及，想必胡适是希望把他译的短篇小说全部用白话文呈献给读者的。

在长期的翻译实践中，胡适逐渐建立起了完备的翻译理论，并以其指导自我的翻译活动。对原文体裁、作品主旨、题材、立意布局和创作手法等方面的选取，都是他翻译观的具体体现。而他的翻译策略、观点、思想，也一定程度地反映了他在文学革命中的追求。

在翻译手法上，胡适主张直译。此前鲁迅与周作人所译的《域外小说集》，虽为“直译”小说之始，但因用文言文而显得古奥艰涩，读者颇难理解。而胡适尝试使用白话或者白话式文言，精粹的口语化表达，使他成为用白话翻译外国文学的模范。

细读胡适的译文，可看出这是经过了加工淬炼的民间语言，生动活泼、细腻传神。譬如在描写人物的动作神态上，《二渔夫》中的两位朋友，从河岸边到偷越敌军防线的一连串动作，动词使用准确、形象；他们面对敌军军官以及死亡威胁时的神情，则刻画得生动感人、意态灵活，将人物形象衬托得呼之欲出。这样的用字用词，都是文言文所难达到的。

再如《一件美术品》这篇小说，偏重于心理描写，各阶层各种职业的人们，虽然内心都对裸女艺术品十分喜爱，但出于封建守旧的道德观念，只能欲爱还休。这时他们的心理活动被胡适以一连串缜密、委婉的白话词句曲折地表现出来，所思所想自然流淌，毫不做作，可见胡适当时的白话水准已达到较高程度。

胡适从事翻译活动，有着多重目的，最重要的有两点：一是开通民智，二是创造活的文学。相应地，他也采取了多种翻译策略与手段，包括间接翻译、直意译结合、译文前后添加介绍评注等，凡此种种，无不体现了他的良苦用心。试举一例，其所译欧·亨利小说《戒酒》，所采用的就是直意译结合的方式，并不完全恪守原文。他认为“有时原文的语句本不关重要，而译了反更费解”的，就“删去不译”。《戒酒》开头的原文有一百多字，为了避免让读者“费解”，胡适毫不犹豫地将原文浓缩成一句话：“巴伯·白璧德戒了酒了。”如此一来，便为不熟悉欧·亨利风格的中国读者扫清了障碍。虽然人为地消解了原著的时代语言特色，但对接受方的顺利阅读是有益处的。

纵览胡适翻译小说的时间线，可以发现他选择小说的标准一直在变化。从一开始以启蒙、教化民众为主，到中期注重内心情感的抒发，再到后期回归小说的文学性本身，这样的变化是与胡适自身的境遇改变紧密相连的。但无论小说的主题如何改变，通过所翻译小说的形式、结构和表现手法，从中引介新颖独特的叙事视角与写作技巧，是胡适永恒不变的目标。他笔下译介的名家，从都德、莫泊桑、吉卜林到契诃夫、高尔基、欧·亨利等，均是百代不朽的文豪。彼等佳作经胡适翻译者，合计二十一篇，文学养分充足。可以说，我国新文学最初一代的作家，大多数曾经从中吸收过营养。

翻译小说之外，胡适的译笔亦涉及诗歌、散文、戏剧、讲演、法律条文等多方面。其中诗歌翻译虽数量不多，但所选篇目与小说一样，皆系传世佳构，堪当经典传承。他的译诗烙刻着时代的多重印记，不仅是近代中国知识分子吸收西方文学养分的成果，更在译入文法规范、翻译诗学规范、诗歌的现代性建构等方面掀起了深刻的范式革命，催发了崭新的诗体诗性的确立。

学界大都把胡适诗歌翻译分为三个阶段：就读于上海的中国公学时期为其一，时间跨度为1908年到1909年；第二阶段是1912年到1915年美国留学时期；最后是1918年以后的文学革命时期。若从诗歌内容上考察，可以发现胡适在诗歌翻译内容上的清晰变化。其前期译诗以五、七言为主，充满着反清救亡的爱国热情和进行社会变革的强烈意愿，与“立意在反抗，旨归在动作”的革命精神相合拍，具有明显的政治诉求特征，局限于以诗歌为战斗武器、文以载道的实用主义；中期的译诗则为骚体，摈弃了文学功利观，激进主义也收敛不少，主题偏向于哲学宗教领域，充满对玄学智慧和生死意义的感叹，风格哀婉凝重，深沉缜密；及至文学革命时期，胡适开始反省年轻时偏颇的文学观，译诗变为自由体，思想主题发生显著变化，内容世俗化、语言通俗化，越来越关注对人性的挖掘，注重文学对人的教化洗涤功能，注重翻译的目的是为新文化运动服务。

从胡适译诗的三个阶段划分，我们可以看出，其顺序是循着救亡、启蒙、文化建设的时间线次第发展。当于五四之前，胡适年纪尚轻，谙熟的文学体裁，还脱不出中国古典文学的范畴，自身又有较好的文言功底，是以早期的十余篇译诗，仍采用绝句、律诗、辞赋等旧体格式，追求传统的雅的诗学规范。例如《军人梦》近乎我国古代的离别诗，《缝衣歌》则很有《花木兰》与《卖炭翁》的韵味，而《哀希腊歌》充满了英雄奋拔的慷慨苍凉之气，读来抑扬顿挫，颇富感染力。古文式的译法，虽令文体优美精致、内容精练简约，但也造成了“欠译”和“过译”的问题。对此，胡适彼时不但不以为意，还颇为自得，甚至意犹未尽——“以骚体译说理之诗，殊不费气力而辞旨都畅达，他日再试为之。”然而到了1917年学成归国，醒悟到诗歌必须为平民百姓理解接受才有生命力后，胡适发起“诗体的大解放”，带头冲破旧诗格律写起新诗，文风为之骤然一变。在《尝试集》的“代序一”中，他写道：“我自信颇能用白话作散文，但尚未能用之于韵文；私心颇欲以数年之力，实地练习之。倘数年之后，竟能用文言白话作文作诗，无不随心所欲，岂非一大快事？我此时练习白话韵文，颇似新辟一文学殖民地。”以此为开端，白话写诗、译诗在中国风潮乃起，渐成趋势。至于胡适本人，更是身体力行，从文化转型及文化使命担当的高度，接连译介外国名家的杰作，譬如享誉西方的《鲁拜集》，就是由胡适在1919年2月首次以汉文翻译，进而引出诸多名家纷纷献技，妙译纷呈。

胡适的文学生涯，始于诗歌创作。作为新诗的倡导者，他以原创诗歌居多的《尝试集》名世，至于译诗文笔，实则未称一流。后世所看重的，是他勇于“尝试”的精神，以及用白话翻译外国诗歌的筚路开创之功。1919年胡适发表了《谈新诗》，这是我国现代文学中最早的一篇关于新诗理论的文章。文章肯定了当时新诗的成绩，肯定了“诗体解放后诗的内容的进步”，对新旧诗的比较、新诗的音节、新诗的发展趋势，做了一些探讨，提出了有益的见解。朱自清在1935年写的《现代诗歌导论》一文中认为：“胡适的《谈新诗》，差不多成为诗的创造和批评的金科玉律了。”

在这时的胡适眼中，中国传统诗歌已如一棵衰老的果树，处于半死状态，是中华文化衰败的直接反映之一。在寻求西方式变革的过程中，器物变革与制度变革，都属于“硬件”范畴，随着时间推移，自然会被中国陆续模仿和接纳。唯有精神文化上的变革，若不加以严格改造，则国人的精神面貌永难变易。新文化运动正是要为中国的现代化建立“思想文化的基础”，而白话译诗，作为引进、借鉴西方精神文化的形式之一，暗含了胡适企图模仿文艺复兴运动的动机。借助诗歌翻译，通过引进西方完备的文学体系，复兴中国传统文学；从异质文化中吸收新鲜的诗学元素，借鉴外国诗歌的艺术风格拓展自国诗歌的更新发展，这就是处在风云变幻时期的胡适所尽力追求的。

译诗是一种创造新文学、复兴民族语言的手段。所谓“诗体的大解放”“就是把从前一切束缚自由的枷锁镣铐，一切打破；有什么话，说什么话；话怎么说，就怎么说。”胡适遵循着这条自我给出的路，抛弃对文言文化的眷念与仰视，从尝试阶段做起，将白话诗创作、翻译的实践与理论相结合，一步步探索求解，最终实现了新体裁、新文学、新文化的目的。

不可否认，中国几千年悠久灿烂的诗歌传统，铸就了诗的神圣殿堂，但以诗取士的制度，亦令诗歌蒙上了阳春白雪的面纱，成为普通人难以企及的高贵艺术。然而每个民族的语言都具有约定俗成性，这种特性是以最广大群众的使用为基础的。当一种语言形式阻碍了表达的需要时，便会产生新的语体与之相适应。对于诗歌而言，传统的格律体渐渐无法满足大众的情感表达，人们便会寻找新的诗体。立足于文言文的古格律诗，在中国传承了数千年，其意义对于封建社会中的统治阶级、文人雅士等不言而喻。胡适曾尖锐地批评旧文人将文学贵族化的偏狭心理："士大夫始终迷恋着古文字的残骸……他们把整个社会分成两个阶级，上等人认汉字，念八股，做古文；下等人无知无识，资质太笨，不配学那'宇宙古今之至美'的古文。"由此可见，中国文化现代性和新诗体的建构，若不打破文言的束缚，必难延生发展。

因此，对古文提出质疑并发表了《文学改良刍议》和《建设的文学革命论》等大量文章，首倡文学革命的胡适，抛出白话运动期冀改变几千年来文人构思行文的方式和文学传统。毕竟文言文受的束缚较多，"绝不能委婉表达出高深的理想与复杂的感情。""是深奥的文学，死了的文学，没有生气的文学。"且只为少数知识分子所拥有，不能普及行远。经过细密思虑，胡适以留学时期所受的美国意象派诗歌为根底，祭出文学平民化的法宝，探索尝试多元化的新诗表现形式，用新的语言新的诗体表达新的情感新的思想，全力打破旧诗的世界。

歌德、拜伦、雪莱、勃朗宁、哈代、爱默生、朗费罗等等，无一不是名垂青史的大诗人。他们的诗，在西方世界早已家喻户晓，但真正系统地、有目的地引入中国，则是以胡适的第一首白话译诗《老洛伯》开始。不过此诗虽"打破旧诗词的圈套"，但形式较乱，随后的《关不住了》才真正确立了"新诗成立的纪元"。该诗除了思想内容表现出的现代性外，其诗体更突破了数千年来的传统范式，为中国新诗开启了一道崭新的大门。白话新诗体正式成为那个时期中国诗歌艺术现代性构建的重要尝试。以此为标志，胡适成为了中国白话诗歌原创与翻译领域的先锋开拓者。

胡适不但是开拓者，亦是一名不惧蜚语奋勇斩关的诗界闯将！他为了提倡白话诗，不惜与敌友展开激烈论战，在“他的白话诗歌不知‘诗’‘文’的区别”“此其白话诗所以仅为白话而非诗欤”“小说词曲固可用白话，诗文则不可”的反对嘲笑声中闯出了一条新路。他深刻认识到，中国传统语言形式无法传达外国诗歌本身具有的语言特征和思想神韵，五、七言与骚体的译诗在本质上没有给诗歌的语言规范与诗体带来创新，无法完成诗歌向现代的真正转型。所以在采用白话入诗时，他坚持不用典，不用陈腐铺张的套语，重视诗的散文化、自由化和平民化的特点，将迂晦艰涩转为平易近人。他重视诗中文气的自然节奏、音节押韵、朗读气势，同时“顺着诗意的自然曲折，自然轻重，自然高下”，将白话的文法与音节直接写入诗中，“语气自然，用字和谐”，从文学的高度重新定位确立了新的诗学规范。

以后世的角度出发，确立新的诗学规范的重要性不言而喻。但当年新诗体在给诗坛带来清新气息和众多追随者的同时，也引致对新诗的大规模争论，各种措辞严厉的抨击指责汹涌而来。不过，保守派文人的猛烈攻击，恰恰从另一个角度凸显了胡适诗歌翻译的颠覆性与创新性。一方面，胡适有意识地超越传统的诗学规范，偏离传统翻译框架，在译诗的诗体形式上背离了当时流行的诗学规范与理论，他认为只有“丰富的材料，精密的观察，高深的理想，复杂的感情，方才能跑到诗里去”，因而突破旧体的藩篱，用明白畅达、朴实含蓄、浅显淡远的语言完成了向白话新诗体的转变。那些白描写实的纯口语化文字，脱离了“词曲的气味与声调”，没有绝句、律诗的固定格式，任何读者见了都能迅速了解诗的本意；另一方面，新诗体采用完全的散文体，诗句长短不一、句式参差错落，不受诗行和字数的限制，摆脱了平仄和节奏的束缚，音节、句式与押韵都表达得相当自由，且运用了新式的标点符号。这些新辟的“套路”，摆脱了传统诗歌美学的框架约束，可谓脱胎换骨。至此，节奏匀称、韵式规律，诗节诗行舒展自如的白话新诗体范式基本确立。《关不住了》之后，白话译诗渐成大势所趋，再难逆转，从此中国诗坛以旧体翻译的西方诗歌日益减少，终至几乎消亡。胡适创立的新的白话译诗规范，终于从颠覆传统翻译规范的“造反者”，变成了确立新范式新秩序的“规则制订者”。

从格律体、骚体到白话体，胡适的诗歌翻译体裁经历了化蛹成蝶般的蜕变过程。他对新诗的尝试和多样化探索，有破有立，自古典诗词中推陈出新，从民间歌谣中吸取营养，打破了旧诗僵化了的格律，从诗歌语言到诗体形式都来了个彻头彻尾的洗心革面，为后来者指明了努力方向。新诗横空出世后，诗歌由上层文化精英垄断转变成了大众文学，白话代替文言成为诗的语言，“促进了文学接近文学的本原”，使诗歌归淳返璞，“充分地、自由地表现人的直观感受、真实情感和深切的生活见解。”白话诗歌在语言和诗体上的成熟，再加上《新青年》《晨报》等刊物无可比拟的影响力，使胡适译诗获得广泛接受，并产生了巨大影响。白话译诗因此具有了由文学现象承载文化现象的功能，成为“文化哲学思维方式的一种文学实践形式”，进而成为反抗封建文化、弘扬生命价值的人文主义利器，成为启蒙与宣扬新道德新观念的号角。

胡适把他的思想感情，尽情倾泻于一行行新诗中，无论是自创还是翻译。《尝试集》出版后，这种用浅显白话文书写的诗歌体裁被研究者称作“胡适之体”。其追求意境平实、言语清晰，造成文字风格“明白如画”，诗体结构自由化乃至随意化的特点，迄今已被发扬光大，对现当代翻译史与文学史产生了不可忽视的推动作用。

尽管胡适自写的新诗，很遗憾地缺乏经典之作；尽管他的译诗，数量也很遗憾地较少；尽管他未能将新体诗歌引向与唐诗宋词比肩的辉煌地位，但是，作为中国传统文学向现代化转型嬗变时期的中心人物，胡适的白话新诗和译诗为文学革命提供了良好的范本，为中国诗坛注入了现代性的血液，为新诗建立了符合自身特色的标准。所以，我们必须毫不犹疑地大声宣告：他是一个成功的尝试者！

当然，新诗本身也是有缺点的。它容易给人一种错觉，以为新诗的创作非常简单，只要用白话，再加以分行排列，就是白话诗了。于是只重“白话”不重“诗”的倾向不恰当地出现了。这种倾向只一味强调语言的白话化，忽视了自身诗性的深入建构，最终导致了新诗的过度口语化，背离了诗的精炼美。弊端越积越多之后，令新诗在当代终于陷入全面僵化、散漫的低潮期。不过这些就不是胡适所能预见到的了。

作为20世纪上半叶中国学术思想史上的中心人物，以及纵横政学两界的文化偶像、翻译外国小说诗歌的急先锋，胡适当年堪称仅次于鲁迅的畅销书作家。《短篇小说第一集》于1919年初版，《短篇小说第二集》于1933年初版，均风行一时，不断加印。至1947年时，总销量计有数十万册之多。而《尝试集》于1920年3月初版，1922年10月四版，“三年印数达15000册”，至1940年时竟尔出至十六版。这在战乱频仍的民国时期，是极罕见的。胡适翻译小说和翻译诗歌的重要地位与价值，在彼时就已得到高度重视。这些文学翻译史上的瑰宝，不应随着岁月的流逝而减弱，这正是我编此书的初衷。盼有发微抉隐之功，则是我辛勤浸浸后进一步的心愿。

本书小说编，以胡适译《短篇小说第一集》（亚东图书馆1934年8月第19版）、《短篇小说第二集》（亚东图书馆1934年4月第2版）为底本，参校以《胡适全集：第四十二卷》（安徽教育出版社2003年9月第1版）；诗歌编以《尝试集》《尝试后集》为底本，参校以《胡适诗存》（人民文学出版社1989年4月第1版）、《胡适文集：第九卷》（北京大学出版社1998年11月第1版）及《胡适留学日记》（同心出版社2012年9月第1版），逐字逐句核校原文，并认真勘证考据，同时对繁难处做了必要的注释。力求以最严谨的态度，将胡适翻译小说与翻译诗歌的全貌精确呈现给广大读者。

百年风雨，俱化纸上年轮。钩沉故纸，不望名动，但求有知音同赏。唯愿这本小书，能给予读者哪怕薄物细故的裨益，那都将成为我如愿以偿的喜悦。

王新禧

2017年4月于福州

目　录

附录

翻译诗歌

附录

翻译小说

一、暴堪海舰之沉没[①]

中国人有一宗大毛病，只晓得顾自己，全不顾别人。平常时候倒也不要管他，惟有到了危急的时候，便更是如此。就如去年“元和”船和今年“汉口”船，失事的时候，满船的人只晓得逃命，不顾别人的死活。只可怜那些妇女和小孩子，在这几千人拥挤的时候逃又逃不动，又没有人来救他。所以这二船的搭客，逃出的虽然不少，然而那些妇女和小孩子，竟差不多都死于水火之中。咳，可怜呵！我听了这两桩事以后，就把我们中国的人，恨的了不得。后来读外国书，看见了一篇故事，真正可以给我们中国人做一个绝好的榜样，所以把他译成白话，给大家看看。

话说英国有一只出海的轮船，名叫暴堪海（bitkenhead），有一次开往非洲。船中载了一队英国的兵丁，除了这些兵丁以外，还有许多妇女和小孩子。有一天，这船正在开行的时候，忽然“砰”的一声，撞在一块礁石上，船底便撞了一个大洞，那海水便“骨都骨都”的流入船里来。满船的人，都晓得这船是一定要沉没的了。那时这船在这大洋之中，四面又没有别的船只来救，想来只有一条法子，可以逃生。原来无论什么轮船，船

① 暴堪海舰之沉没：本篇是胡适最早翻译的外国小说，原著为英国札记小说，译于1906年，原载1906年12月6日《竞业旬报》第5期，发表时第一次使用笔名“适之”。

上都有小舢板船，到了危急的时候，便用这些小船逃命。这就是这暴堪海船目下逃命的法子了。不料这回船上的小船带的很少，除非再添几倍，方可装得下满船的客人。列位看官呀！你们猜猜看，到了这个时候，这些船还是给那些强壮有力的兵丁坐了逃命呢？还是给那些软弱的可怜得很的妇人、孩子坐了逃命呢？

说起来，那些英国的兵丁，真是令人可敬得很，他们一毫也不杂乱，齐齐整整的排成队伍，好像他们在操场上一般，让这船上的水手，急急忙忙的把船上的妇人、小孩都一个一个的放在小舢板船上，叫他们各自逃生。那些兵丁没有一个肯跑出队伍去抢船逃命的，也没有一个口出怨言的。那些妇女、小孩们，刚刚打发停当，那海水已经漫上船面来，这暴堪海舰便沉了下去。这一队英国的兵丁也便跟了这船沉下去了。然而那些兵丁拼了自己的性命，救了满船妇女、小孩的性命，他们那种最荣耀、最可敬的名誉，却千年万年永远不得埋没的。咳，可敬呀！

二、生死之交[①]

我们中国人，把朋友看得极不要紧，所以时时有那些无信无义、卑鄙龌龊的行为。咳！这也是一种极恶的习惯了。我记得外国书上有一件极可敬的事，遂把他译成白话，请这本《竞业旬报》把这事传播出去，给我们中国人做一个榜样。

话说古时候，有一国内出了极有血性的二个少年，一个叫做别夏斯，一个叫做达蒙。这两个人，平时你推重我，我推重你，遂成了极好的朋友。

后来别夏斯不晓得为了一件什么事情，得罪了这国内的国王。那国王叫做了内西，原是一个杀人不眨眼的魔王，遂把别夏斯捉去了。如我们中国人捉拿革命党一般，也不问情由，便定了他一个死罪，先把他监在监牢里，等到那杀人的日子，便要就死了。

别夏斯的为人，本是一个不怕死的英雄；然而他又是一个极孝顺的孝子。他在监里，虽然安心待死，有时候想起他那白发皤皤、和蔼慈祥的父母，若知道他儿子在监牢里受罪，一定要急得什么样了。所以他一闭了眼睛，便梦见他父亲在那里愁颜长叹，他母亲在那里号啕大哭。别夏斯心中真个好像刀割一般的难过，心想我父母养我一场，不曾得到分毫补报，反

① 生死之交：本篇原载1908年4月21日《竞业旬报》第12期。发表时署笔名“铁儿”。

害他如此伤心。别夏斯想到这里，那英雄之泪，便也不知不觉的滴下来了。到了第二天，便去求国王放他回去，见一见父母，便再来受死。那国王那里肯信他，反大笑道："哈哈！你想骗我放你回去你好逃走么？"别夏斯再四求他，国王只是不答应。

那时别夏斯的极好朋友达蒙，知道别夏斯被捉，特地从远方赶来，正想设法救他，听见了这个消息，便挺身出来，对国王道："臣与别夏斯做了半世的好朋友，不曾见他欺人一次。他此次想回家，正是他的孝心，并无他意。陛下若不相信，不如把臣押在这里，等他回来。他若不回来，陛下把臣杀了。何如？"那国王虽是残忍，听了达蒙的话，倒也颇为感动，心想天下那有这种好人，肯代朋友受罪。便把别夏斯放了，把达蒙监起来。

光阴似箭，日月如梭，别夏斯回家去了一个多月，那达蒙便代他坐了一个多月的监牢；看看那杀人的日子已相近了，别夏斯还没有来。达蒙的心中并不望别夏斯来送死，心想别夏斯从不失信于人，这回不来，一定有别样缘故。要是他果然赶不到，我便代他一死。这可不是我的一死，倒救了他的性命么。所以他心中不但不望别夏斯来，而且望他不要来。咳！列位看官，我们中国人，不把朋友的血去换他的红顶花翎，便算有良心了，谁肯把自己的性命去换别人的性命呢。咳！

一日一日的过去，那一日便是杀人的日子，那国王命刽子手把达蒙带到法场上。国王对达蒙道："你的朋友如今果然不来了，不知道他如今在那里享福，只可怜白白送了你一条性命。这也是你不识人的缘故，怪不得别人的。"达蒙听了，微微冷笑道："我的朋友断不肯背我逃生的。这一次大约是上帝怜我的苦心，故使我的朋友赶不到这里，达了我救他的目的，正是我求之不得的了。"

那时法场四面，看的人真个人山人海。听了达蒙的活，有的人替他可怜；有的人说他好笑；还有许多人在那里骂别夏斯，说他不应该一去不来，害达蒙受刑，这人真是禽兽不如了。

在这许多人议论纷纷的时候，那刽子手已经把那杀人的机器预备好了。只听得远远的有喊叫的声音，众人连忙看时，只见看的人纷纷让开一条大路。有一个人带哭带喊的，拼命闯进来。那人到了法场，看见达蒙跪在那里，连忙跑上去，抱住了他的头颈，哭道："达蒙，我苦了你了，我苦了你了。我因为路上坐的船撞破了，一时赶不及，险些害了你的性命。达蒙，我苦了你了。"一头说，一头把自己的手叫刽子手缚了。那时候看的人晓得这人一定是别夏斯了，人人都赞叹他二人真是好朋友，有的竟流下泪来，有的竟大哭起来了。连那杀人不眨眼的国王，都感叹的了不得，连忙叫那刽子手把达蒙、别夏斯二人的缚都放了，都不杀了。后来国王常对人说道：寡人虽富有一国，那里比得上这么一个朋友呢！

唉！看官，国王这话真正不错。你看中国这么大，可找得出这么一个好人么？

右为[1]西国最有名之故事，读西书者，当能言之。今为演成白话，稍事铺张。以记者之意，但求动人耳。

---

① 右为：因民国版原书，系从右往左竖式排版，故称以上文字为"右为"。

三、国　殇[①]

一千八百五十九年，郎巴德[②]独立之战（郎巴德为意大利北部之总称）[③]，法、意联军既胜奥军于曼狄罗山，那时正当六月。有一天，清晨的时候，有一位大佐，一位士官，带了一队骑兵，向敌军方面徐徐进发，一路巡查各处村镇有无奥军踪迹。那时全军的眼光都射着前面一带树林，深恐林内有敌军埋伏。正行的时候，忽见前面有一所小小的房屋，四围都是大树，绿叶扶疏，亭亭直上。那房子面前，有一个十一二岁的小孩子站着，手中拿着小刀子，正在削一根手杖。那房子的窗上，高高的悬着一面三色的国旗。那屋内却静悄悄地，寂无一人。因为那些乡民，虽悬着意大利国旗，心中又怕奥兵要来蹂躏，所以都逃到他处避兵去了。

那孩子看见兵队，忙丢下手杖，脱了帽子，行了一礼。孩子原来长得很可爱的，英气勃勃的，面庞黄金也似的，头发水也似的，蔚蓝的眼睛，穿一件小衫子，露着胸脯。那位大佐见了他，勒住了马，问道："你这孩子，在那儿干什么？你为什么不和你家中一块儿逃走呢？"那孩子答道：

---

① 本篇即意大利儿童文学作家亚米契斯的名篇《伦巴第的小侦察员》，原载1909年8月26日《安徽白话报》己酉第1期。

② 朗巴德，今译伦巴第，意大利北部区名，面积2.38万平方公里，首府米兰。1859年4月，意大利第二次独立战争爆发，撒丁王国联合法国向奥地利宣战，奥军大败。撒丁王国收回伦巴第，迈出了意大利统一的关键一步。

③ 括号内为译者原注，下同。

“我是没有家的，我是一个弃儿。我因想看看打仗，所以没有逃走。”大佐道：“你看见有什么？奥兵经过这里么？”那孩子道：“三天没看见了。”大佐听了，想了一想，跳下马来，走进屋内，爬上了屋，四面眺望。不料这屋太低了，在这屋上仅可望见乡间小小部分，稍远一些便望不见了。大佐一面下来，一面说道：“这可要爬上树了。”恰好屋面前便有一株极高的槐树，随风摆动，萧飕作声。

这位大佐看看这树，又看看自己的兵，回头对孩子道：“小猴子，你的眼光可好？”孩子道：“我么，我能见一英里外的雀子。”大佐道：“你可会爬树？”孩子道：“这棵树么？我么？哈哈！我不消半分钟便到了树顶了。”大佐道：“你上去之后，可能把你所见告诉我么？什么奥兵哪！马哪！滚滚的尘头哪！闪灼的刀光哪！你都能告诉我么？”孩子道：“我一定能够的。”大佐又道：“你办这一趟差，你要什么赏赐呢？”孩子听了，微微一笑道：“你问我要什么吗？没有什么。这是很有趣的事。但是若使那些日耳曼人叫我做，随他怎么说，我是不去的。我是郎巴德人，今儿为的是咱们自己的事。”大佐喊道：“好！上去罢。”

孩子脱了鞋，系紧了裤带，把帽子丢在草地上，双手抱住树，猫也似的爬上去了。大佐回过头来，吩咐他的兵道：“留心前面罢。”那时这孩子已爬上树巅，两条腿盘住树身。他那黄金也似的头发映着日光，衬着绿叶，越显得黄澄澄的，分外可爱。只听得下面大佐喊道：“看前面！”孩子听了，伸出右手遮住日光，看了一会，回过头来把一只手放在口边，对大佐道：“那边路上有两个人骑在马上。”大佐道：“他们走动么？”答道：“站着不动。”大佐喊道：“你看右边有什么？”孩子向右边一看，喊道：“那义冢旁边好像有什么东西，光闪闪的，很像刀剑的样子。”大佐道：“有人吗？”答道：“没有。恐怕他们埋伏在稻田里面罢……”道犹未了，只听得“嗤”的一声，一弹飞起空中，落在屋子后去了。……

大佐喊道：“我的孩子，你下来罢，他们看见你了，我不要你再看了，下来罢。”孩子答道：“我是不怕的。”大佐道：“下来罢。你再看看左边，可有什么？”孩子道：“左边么？”答道：“是的。”孩子回过头来正待看时，只听得半空中又是“嗤”的一声，一弹飞起，这一弹的声音更清锐了，落下的地方也更近了。孩子也吃了一惊，口中骂道：“魔鬼！他们当真朝我放枪了。”那大佐忙喊道：“下来罢。”答道：“我要下来了，但是我这里有树遮着，请你不要害怕罢。你不是要我看左边吗？”大佐道：“是的，左边。但是你还是下来罢。”那孩子把身子伸向左边，喊道：“那边礼拜堂后面我看见……”嗤的一声，第三弹丸空中飞来……只见那孩子急急下来，尚未到地，一个倒栽葱，跌下树来。大佐见了，喊一声嗳呀！赶上来，只见那孩子仰卧地上，四肢挺直，一缕热血自胸前流出。那时马上的士官和前面两个兵，也跳下马来。大佐鞠躬，解开孩子的汗衫，只见那弹丸深入左肺了。大佐喊道：“死了。”士官道：“还没有死。”大佐喊道：“唉！苦孩子，好孩子，勇敢！勇敢！”大佐喊到“勇敢”的时候，只见那孩子把眼一睁，便自瞑目长逝了。大佐面无人色，眼睁睁地看了一会，在地上捡起孩子的外衣，抱住尸身，徐徐放下。那下马的兵丁和那士官，也是惨惨相对。其余的兵，都朝敌人方面望着。

大佐一面喊着“苦孩子！”“勇敢的孩子！”一面走进屋内，取下那面三色国旗，盖在那死孩子的身上，当作丧服。那士官便捡起地上的鞋子、帽子、小刀子和那根小手杖，都放在孩子旁边。大众又默默无言的站了一会。那大佐对那个士官说道：“这个孩子死的和军人一般，应该我们军人来葬他。”大佐说着，低下头去，亲了死者的手，回过头来发令道：“上马！”大众都上了马，飞驰去了。

那天日落的时候，意大利的先行队全军向敌军方面进发，那条路上，密密层层的拥着一队大兵，这都是前几天把他们的血洗了曼狄罗山的好男子。那时这孩子为国而死的消息早已传遍全军。他们行到这条路上，第一队的人远远的望见那槐阴之下卧着那孩子的尸身，身上盖着三色的国旗。这一队的军人都朝着他举起枪行了一个庄严的军礼。内中有一士官便向道旁小河的岸上采了两球花掷到孩子身上。全军的人便也都采了许多花掷到他身上。不上几分钟，那孩子已是满身都是花了。那些士官们，军人们，走过的时候，个个都朝着他行礼。口中喊着："勇敢的郎巴德！永别了！我尊敬你，好孩子！呀！光荣！永别了！"有的人把自己的金牌掷到他身上，有的人走了上去亲亲他的额，那花朵便雨也似的掷到他脚下，掷到他那流血的胸前，掷到他那黄金也似的头上。那孩子睡在地上，脸上微微含笑，好像他心中觉得这为祖国而死是很快活的。

译者曰：读者须知死在槐阴之下，以国旗裹尸，以万花送葬，较之呻吟床蓐之间，寂寂郊原之下，何者为苦？何者为乐？祖国青年，尚祈念之。

又曰：大佐说"这孩子死的和军人一般，应该我们军人来葬他"。此即孔子"能执干戈以卫社稷，虽欲勿殇也，不亦可乎！"之义。屈子《国殇》篇曰："身既死兮神以灵，魂魄毅兮为鬼雄。"故亦以"国殇"名之。(《小尔雅》：无主之鬼曰殇。)

又曰：这孩子说："我是郎巴德人，今儿为的是咱们自己的事。"我愿我祖国青年，三复斯言。我尤愿我国无数之卖国贼，日夜讽诵斯言也。

四、最后一课[1]

[法国] 都德

著者都德（Alphonse Daudet）生于西历千八百四十年，卒于千八百九十七年，为法国近代文章巨子之一。

当西历千八百七十年，法国与普鲁士国开衅，法人大败，普军尽据法之东境；明年进围法京巴黎，破之。和议成，法人赔款五千兆弗郎，约合华银二千兆元，盖五倍于吾国庚子赔款云。赔款之外，复割阿色司[2]、娜恋[3]两省之地以与普国。此篇托为阿色司省一小学生之语气，写割地之惨，以激扬法人爱国之心。

民国元年九月记于美国。

---

① 1870年7月，普法战争爆发，都德应征入伍。战后，他以这场战争为背景，创作了一组具有深刻爱国主义内容和卓越艺术技巧的短篇小说，结为《星期一故事集》，于1873年3月出版。《最后一课》即为其中最脍炙人口的名篇。民国初年，胡适有感于当时中国割地赔款、几近亡国的境状，与彼时法国极为相似，为激起国人的爱国热情，遂于1912年9月26日至29日，将《最后一课》予以汉译，引入中国。此为都德作品汉译的首篇，初始译名为《割地》，带有鲜明的时代印记。1912年11月5日的上海《大共和日报》发表了该文。1915年春季号的《留美学生季报》仍以《割地》之名重新刊出。1919年，亚东图书馆为胡适出版《短篇小说》，恢复了原著的题目《最后一课》，并在其后附上法语原文La Derni è re Classe。

② 阿色司，今译阿尔萨斯，法国东北部旧省名。17世纪之前为神圣罗马帝国领土，居民普遍说德语。三十年战争后并入法国，普法战争后又割让给普鲁士。

③ 娜恋，今译洛林，法国东北部旧省名。原属神圣罗马帝国，居民一直以讲法语为主，1766年并入法国。普法战争后，洛林东部和阿尔萨斯被割让给普鲁士。圣女贞德即出生于洛林地区。

这一天早晨，我上学去，时候已很迟了，心中很怕先生要骂。况且昨天汉麦先生说过，今天他要考我们的动静词文法，我却一个字都不记得了。我想到这里，格外害怕，心想还是逃学去玩一天罢。你看天气如此清明温暖。那边竹篱上，两个小鸟儿唱得怪好听。野外田里，普鲁士的兵士正在操演。我看了几乎把动静词的文法都丢在脑后了。幸亏我胆子还小，不敢真个逃学，赶紧跑上学去。

我走到市政厅前，看见那边围了一大群的人，在那里读墙上的告示，我心里暗想，这两年，我们的坏消息，败仗哪，赔款哪，都在这里传来。今天又不知有什么坏新闻了。我也无心去打听，一口气跑到汉麦先生的学堂。

平日学堂刚上课的时候，总有很大的响声，开抽屉关抽屉的声音，先生铁戒尺的声音，种种响声，街上也常听得见。我本意还想趁这一阵乱响的里面混了进去。不料今天我走到的时候，里面静悄悄地一点声音都没有。我朝窗口一瞧，只见同班的学生都坐好了，汉麦先生拿着他那块铁戒尺，踱来踱去。我没法，只好硬着头皮，推门进去，脸上怪难为情的。幸亏先生还没有说什么，他瞧见我，但说孩子快坐好，我们已要开讲，不等你了。我一跳跳上了我的座位，心还是拍拍的跳。

坐定了，定睛一看，才看出先生今天穿了一件很好看的暗绿袍子，挺硬的衬衫，小小的丝帽。这种衣服，除了行礼给奖的日子，他从不轻易穿起的。更可怪的，今天这全学堂都是肃静无哗的。最可怪的，后边那几排空椅子上，也坐满了人，这边是前任的县官，和邮政局长，那边是赫叟那老头子。还有几位，我却不认得了。这些人为什么来呢？赫叟那老头子，带了一本初级文法书摊在膝头上。他那副阔边眼镜，也放在书上，两眼睁睁的望着先生。

我看这些人脸上都很愁的，心中正在惊疑，只见先生上了座位，端端敬敬的开口道："我的孩子们，这是我最末了的一课书了。昨天柏林（普国京城）有令下来说，阿色司和娜恋两省，现在既已割归普国，从此以后，这两省的学堂只可教授德国文字，不许再教法文了。你们的德文先生明天就到，今天是你们最末了一天的法文功课了。”

我听了先生这几句话，就像受了雷打一般。我这时才明白，刚才市政厅墙上的告示，原来是这么一回事。这就是我最末了一天的法文功课了！我的法文才该打呢。我还没学作法文呢。我难道就不能再学法文了？唉，我这两年为什么不肯好好的读书？为什么却去捉鸽子打木球呢？我从前最讨厌的文法书历史书，今天都变了我的好朋友了。还有那汉麦先生也要走了。我真有点舍不得他。他从前那副铁板板的面孔，厚沉沉的戒尺，我都忘记了。只是可怜他。原来他因为这是末了一天的功课，才穿上那身礼服。原来后面空椅子上那些人，也是舍不得他的。我想他们心中也在懊悔从前不曾好好学些法文，不曾多读些法文的书。咳，可怜的很！……

我正在痴想，忽听先生叫我的名字，问我动静词的变法。我站起来，第一个字就回错了，我那时真羞愧无地，两手撑住桌子，低了头不敢抬起来。只听得先生说道：“孩子，我也不怪你。你自己总够受了。天天你们自己骗自己说，这算什么？读书的时候多着呢。明天再用功还怕来不及吗？如今呢？你们自己想想看，你总算是一个法国人，连法国的语言文字都不知道。”……先生说到这里，索性演说起来了。他说我们法国的文字怎么好，说是天下最美最明白最合论理的文字。他说我们应该保存法文，千万不要忘记了。他说：“现在我们总算是为人奴隶了。如果我们不忘我们祖国的言语文字，我们还有翻身的日子。”……先生说完了，翻开书，讲今天的文法课。说也奇怪，我今天忽变聪明了。先生讲的，我句句都懂得。先生也用心细讲，就像他恨不得把一生的学问今天都传给我们。文法讲完了，接着就是习字。今天习字的本子也换了，先生自己写的好字，写着“法兰西”“阿色司”“法兰西”“阿色司”四个大字，放在桌上，就像一面小小的国旗。

同班的人个个都用心写字，一点声息都没有，但听得笔尖在纸上飕飕的响。我一面写字，一面偷偷的抬头瞧瞧先生。只见他端坐在上面，动也不动一动，两眼瞧瞧屋子这边，又瞧瞧那边。我心中怪难过，暗想先生在此住了四十年了，他的园子就在学堂门外，这些台子凳子都是四十年的旧物。他手里种的胡桃树，也长大了。窗子上的朱藤也爬上屋顶了。如今他这一把年纪，明天就要离去此地了。我仿佛听见楼上有人走动，想是先生的老妹子在那边收拾箱笼。我心中真替他难受。先生却能硬着心肠，把一天功课，一一做去。写完了字，又教了一课历史。历史完了，便是那班幼稚生的拼音。坐在后面的赫叟那老头儿，戴上了眼镜，也跟着他们拼那ba，be，bi，bo，bu（巴，卑，比，波，布）。我听他的声音都哽咽住了，很像哭声。我听了又好笑，又要替他哭。

这一回事，这末了一天的功课，我一辈子也不会忘记的。

忽然礼拜堂的钟敲了十二响，远远地听得喇叭声，普鲁士的兵操演回来，踏踏踏踏的走过我们的学堂。汉麦先生立起身来，面色都变了，开口道："我的朋友们，我……我……"先生的喉咙哽住了，不能再说下去。他走下座，取了一条粉笔，在黑板上用力写了三个大字："法兰西万岁。"他回过头来，摆一摆手，好像说，散学了，你们去罢。

五、柏林之围[①]

[法国] 都德

“柏林之围”者，巴黎之围也。一八七〇年至一八七一年，普法之战，法人屡战皆败。西丹[②]之役，法帝全军解甲。巴黎闻报，遂宣告民主，众誓以死守。普军围巴黎凡四阅月始陷。此篇写围城中事，而处处追叙拿破仑大帝盛时威烈。盛衰对照，以慰新败之法人，而重励其爱国之心，其辞哀惋，令人不忍卒读。

此篇与都德之《最后一课》（La Derni è re Classe），皆叙普法之战。二篇皆不朽之作，法童无不习之。重译外国文字亦不知凡几。余二年前曾译《最后一课》。今德法又开战矣[③]。胜负之数，尚未可逆料。巴黎之围欤？柏林之围欤？吾译此篇，有以也夫。

民国三年八月二十五日记于美洲旅次。

---

① 本篇翻译时间为1914年8月25日，原载1914年11月10日《甲寅》第一卷第4期，发表时标题后附有原文Le Si è ge de Berlin。

② 西丹，今译色当，法国东北部阿登省城镇，国防要塞。1870年9月1日，爆发普法色当会战，法皇拿破仑三世战败投降，导致法兰西第二帝国覆灭。

③ 指1914年爆发的第一次世界大战。

余等与卫医士过凯旋门大街，徘徊于枪弹所穿之颓垣破壁间，凭吊巴黎被围时之往迹。余等行近拿破仑帝凯旋门，卫医士忽不进，而指凯旋门附近诸屋之一，谓余等曰：君等见彼严扃之四窗乎？去年八月初旬，巴黎消息已恶矣。当此危急之时，余忽被招至彼屋，诊视一神经颠狂之症。病者朱屋大佐，尝为拿破仑部下军官！老矣，而馀勇未衰，爱国之心尤热。当普法之战之始，大佐自乡间来，僦居此屋，以屋有楼，可望见凯旋门也。君等知彼僦屋之意乎？伤哉此老！其意盖欲俟法人大胜后，可凭阑下观法军凯旋之盛仪也。

一日晨餐已，将起，忽得维生堡[①]之败耗，（一八七〇年八月四日。）遂倒于座，若受椎击。余往诊视时，大佐手足僵直，几疑已死。其人颀长，躯干伟大，齿佳，白发鬖然，八十岁矣，貌乃类六十以下。其孙女，好女子也，跪其侧而泣，哀伤动人。此女之祖若父皆军人，父随麦马洪[②]大将军出征。今对兹僵卧之老人，遥念军中老父，宜其哀也。余竭力慰藉之，然殊少希望。病者所患为半边风痹，八十老人当之，罕能免于死者。大佐一卧三日，不省人事，而雷舒贺坟[③]之消息至矣。（八月六日，麦马洪以三万六千人，炮百三十尊，与普军九万六千人，炮三百四十尊战，大败。）君等皆知此消息之初至，人皆以为我军大捷，普军死者二万，普皇子为俘。此大捷之来，全国欢声雷动。而此鼓舞之欢声，乃能起此风痹老人之沉疴。余第三日往视时，大佐目已能视，舌已能动，喃喃语曰：“大……捷！大……捷！”余亦和之曰：“诚大捷也。”因语以道路所传此役死伤俘虏之数。大佐闻之，貌益扬，目益张。及予退出，遇其孙女于户外，容色若死灰。

---

① 维生堡，今译维桑堡，德法边界城市。1870年8月4日，普军在此向法军发起凌厉攻势，法军溃败。

② 麦马洪，今译麦克·马洪，法军元帅。普法战争中指挥第一军团，在色当战役中受伤，后与拿破仑三世一起被俘。1873年出任法兰西第三共和国第二任总统。

③ 雷舒贺坟，今译雷舍芬，位于莱茵河下游，法国东北部村镇。1870年8月6日，普军在此拦截法军主力，双方激战后，法军败退。

余执其手，语之曰："勿再哭。若祖父有起色矣。"女乃语予以雷舒贺坟之确耗，麦马洪力竭退走，我军大败矣。余与女相对无语。女盖念其父，余则但念其祖，若老人闻此败耗必死无疑。然则奈何？将听其沉湎于此起死神丹之中耶？是诳之也。女含泪曰："决矣。余非诳老人不可。"语已，收泪强笑，入侍其祖。

余与女之绐老人也，初尚易易，以老人病中易欺也。及老人病日瘥，则吾二人之事日益不易。老人之望消息甚殷，我军进兵之一举一动老人皆欲知之。故女日必坐床头，读其假造之军中新闻，手持普鲁士地图，笔画我军进取之道。巴逊[1]大将军趣柏林也，滑煞[2]大将军进巴维亚[3]也，麦马洪大将军占领巴罗的海[4]上诸省也。女不晓军事，每乞助于余。余亦未亲疆场，但尽吾力告之。馀则老人亲助之。老人尝随拿破仑皇帝数次征服德意志，故知其地理甚详，余与女所假造，不如老人之精警合军事方略也。老人每以小针指地图，大呼云："汝乃不知我军所志何在耶？彼等已至此，将向此折而东矣。"其后余与女亦循老人所料告之，谓我军果至某地，果向某地折而东矣。老人益大喜。

占地也，战胜也，追奔逐北也，而老人望捷之心，终不可餍。余每日至老人所，辄闻新捷。余入门，未及开言，女每奔入室告余曰："我军取梅阳[5]矣。"余亦和之曰："然，余今晨已闻之。"有时女自户外遥告余。老人则大笑曰："我军进取矣，进取矣。七日之内，可抵柏林矣！"

余与女皆知普军日迫，且近巴黎。余与女议，令老人去巴黎，顾终不敢发。盖一出巴黎，则道上所见，皆足令老人生疑。且老人病体犹弱，一

---

① 巴逊，今译巴赞，法军元帅。普法战争时任第三军团司令，色当战役后，擅自向普鲁士投降，受到社会舆论严厉批评。1873年12月被军事法庭以叛国罪判处死刑。1874年8月越狱逃亡。

② 滑煞，今译弗罗萨尔，法军将军。普法战争时指挥第二军，在福尔巴克战败。

③ 巴维亚，今译巴伐利亚，德国面积最大的州，首府慕尼黑。当时巴伐利亚还是一个王国，1871年被并入德意志帝国。

④ 巴罗的海，今译波罗的海，位于欧洲北部，系大西洋的属海。

⑤ 梅阳，今译美因茨，位于莱茵河左岸的德国港口城市。

闻确耗，病或转剧，故终留巴黎。

巴黎被围之第一日，余至老人所，道上但见深闭之门，城下微闻守御之声，余心酸楚不已。既至，老人颜色甚喜，谓余曰：“城已被围矣！”余大骇，问曰：“大佐已知之耶？”女在侧，急答曰：“然，此大好消息。柏林城已被围矣。”女语时，手弄针线不辍若无事然。嗟夫，老人又何从而生疑耶？老人病后重听，不能闻城外炮声，又不得见门外惨淡之巴黎。老人卧处所可望见者，仅有凯旋门之一角。而室中陈列，无非第一帝国（自一八〇四至一八一四拿帝盛时，是为第一帝国。）之遗物，往烈之余泽也；壁上则名将须眉，战场风景，罗马王[①]襁褓之图也。（拿帝幼子生时即封为罗马之王。）架上则夺归之旗帜，表勋之金牌也。又有圣希列拿岛[②](拿帝幽死之岛)之崖石，玻盒盛之。又有美人之像，鬓发盛服，衣黄色之裙，羊腿之袖，半尺之带，令人想见拿帝朝之妆束焉。伤哉，此拿破仑大帝之大佐！凡此诸物，其足以欺此老人，胜吾辈之妄语多矣。老人毕生居此往烈之天地之中，此往烈之天地，乃日使老人梦想柏林之捷矣。

自围城之日始，军事进行日事简易。柏林之陷，指顾间事耳！老人时或不适，则女必假为其父军中来书，就枕边读之。其时女父自西丹之败，已为普军俘虏。（九月二日，法帝大败，明日，举军解甲为虏，降者九万人，大将三十二人。）女明知其父远羁敌国，又不得不强作欢欣之词。书恒不长，然军中之人，安能琐琐作长书。有时女心凄绝，不能复作书，则数十日不作一字。老人盼书心切，余等惧其疑虑，则塞上书又至矣。书中道军行方略，本属伪造，多不可解。然老人能曲为之解。女诵书时老人静听，时点首微笑，间插一二语，褒贬书中方略。有时老人答书，其言多可称。老人扬声口授，而女书之。略云：“吾儿勿忘，儿乃法兰西国民。待败国之民宜宽大，其人大可怜，勿过摧折之。”书末谆谆训以军人道德，有时亦及

---

① 罗马王，即拿破仑二世，全名弗朗索瓦·约瑟夫·夏尔·波拿巴，生于1811年。一出世就被封为“罗马王”，是法兰西第一帝国皇位继承人。1832年病死。

② 圣希列拿岛，今译圣赫勒拿岛，是位于南大西洋中的一个火山岛。拿破仑在滑铁卢战败后，被反法同盟流放至此，于1821年去世。

政事。议和之前，法人宜作何举动？老人于此，颇无定见，谓宜郑重出之，但索兵费足矣，勿贪其土地；法人终不能令德意志变作法兰西也。老人日授书时，声亮而重，辞意又确厚恳挚，爱国之心，盎然言外，闻者安能无动？

当是时，围城方急。嗟夫，吾所言非围柏林之城也。时巴黎方苦寒，（巴黎之围始一八七〇年九月二十一日，至明年五月二十八日始陷。）普人日夜以炮攻城，城中疫病大起，粮食复乏。余与女百计营谋，老人得无匮乏之虑。虽城破之日，老人犹有鲜肉及白面包供餐。余与女久不得白面包矣。老人坐床上谈笑饮食，白巾围颔下。女坐其侧，色如死灰，久不出门故也。女手助老人进食，食已，进杯，老人就女手中饮之。餐已，老人神旺，则遥望窗外冬景，雪飞打窗，老人时时念及朔方寒天，则数数为余等道莫斯科败归时，（拿帝征俄，大败而归。）军中绝粮，但食冷饼马肉耳。老人曰："小女子，若安知马肉之味耶？"

嗟夫，老人误矣。两月以来，女安所得肉，但有马肉耳。

老人病日有起色，前此麻木之官能，今皆渐复。余等欺诳之计，日益不易。一日，老人忽闻梅鹿门[①]外之炮声，遽侧耳听之。余等不得已，给以巴逊大将军已破柏林。门外炮声，乃巴黎"残废军人院"所发，以庆此大捷也。又一日，老人令移病榻近窗下，老人外视，见街心国家卫队出发，老人问曰："此何兵也？"继又自语曰："何萎靡乃尔！何萎靡乃尔！"余等方幸老人不致深诘，惟私语此后益不可疏忽，然不幸余等防范终未能周密也。

城破之夜，余至其家。女迎，语余曰："彼等明日整队入城矣。"女语时，老人室门未掩，余事后思之，是夜老人容色异常，疑女语已为所闻。然余等所言，乃指普军，老人则以为法军凯旋也。老人梦魂所萦想者，乃欲见麦马洪大将军奏凯归来，严军入城，城中士女，掷花奏乐迎之。老人之子，骑马随大将军之后，而老人戎服立窗上，遥对百战之国徽

① 梅鹿门，今译马约门，位于巴黎西北面。

而致敬礼焉。

伤哉，朱屋大佐也。老人心中殆以为余等欲阻之，不令与观凯旋大典，故虽闻女语，佯为未闻。明日，普军整队入城之时，而彼楼上之窗，忽悄然自辟，老人戎服介胄立窗上矣！亦不知何种愿力，何种生气，乃能使老人一旦离床，又能不假人助而盛服戎装若此！

老人既出，见街心寂然，窗户都深闭，巴黎之荒冷，乃如大疫之城。虽处处插旗，然非国旗也，乃白色之旗，十字旗焉。又无人出迎凯旋之军，何也？老人力自怪诧，几疑昨夜误听矣。

嗟夫，老人未尝误听也。凯旋门外，黑影簇簇成阵，迎朝日而来。胄上之缨见矣！耶拉[①]之鼓声作矣！（耶拉，德国地名。）凯旋门下，许伯[②]“凯旋之乐”大奏，（许伯，德国大乐家，名闻世界。）与普鲁士军队步伐之声相和。

凯旋门街深寂之中，忽闻大声呼曰：“上马！上马！普鲁士人至矣！”

普军先行之四人，闻声仰视，乃见窗上一魁伟老人，双臂高舞，四肢颤动，颓然而仆。朱屋大佐此时真死矣。

---

① 耶拉，今译耶拿，德国中东部城市。1806年10月14日，拿破仑一世率法军在此与普军进行了著名的耶拿会战，普军惨败。法军乘胜攻占柏林。

② 许伯，今译舒伯特（1797－1828），奥地利作曲家，早期浪漫主义音乐的代表人物。

六、百 愁 门

[英国] 吉百龄[1]

吉百龄（Rudyard Kipling）生于西历千八百六十五年，著小说长短篇无数，亦工诗，为当代文学巨子之一。

此篇写一嗜鸦片之印度人。其佳处在于描画“昏惰”二字。读者须细味其混沌含糊之神情，与其衰懒不振之气象。吾国中鸦片之毒深且久矣，今幸有斩除之际会，读此西方文豪之烟鬼写生，当亦哑然而笑，瞿然自失乎。

篇中写烟馆主人老冯叔侄穷形尽致矣。而一褒一贬，盛衰之变，感慨无限。始知地狱中亦有高下之别，不独诸天有层次也。

此篇非吾所作也。吾友米计达未死之前六月，于晓月已落，初阳未升之际，随余所询，历历言之。而余就其口授之辞，笔之于书焉。

米计达之言曰：百愁门在铜匠弄与烟杆市之间，去华齐可汗之祠约三百尺耳。吾虽明言其所在，然吾知公等即洞知此间市肆，亦必不能寻至此门；君等虽身在弄内经过百回，亦不知此门果在何所。吾辈名此弄曰乌

---

① Rudyard Kipling，今译拉迪亚德·吉卜林，生于1865年，逝于1936年。英国著名小说家、诗人，1907年获诺贝尔文学奖。《百愁门》系其小说处女作。

烟弄。其土人所名，自与此异，余不复省记矣。弄隘甚，骡背载货，即不能过。百愁门非门也，乃一屋之名。五年前，华人老冯僦是屋。老冯尝业制履，居加尔各达（印度都城）[1]。人言一夕老冯大醉，手毙其妇，遂戒酒，而吸鸦片。后北徙，设烟馆于是。公等须知此乃上等烟馆，非复寻常之龌龊烟榻可比。老冯工于营业，在华人中，为好洁者。其人眇一目，长约五尺，两手之中指皆被截去。（译者按：此盖谓老冯曾罹刑罚也。）

然吾生平未见能烧烟打泡如老冯之工者。老冯虽嗜烟，而殊不为烟所迷，日夜吸烟而小心如故。吾居此门中凡五年，吾烟量殊不逊于他人，然自视终不如老冯之谨慎。老冯嗜烟而慎于钱财，此则吾所不解矣。吾闻老冯生时积财甚富，今皆归其侄。老冯之柩亦已送归支那待葬矣。

百愁门中之上房，为馆中上客所集。老冯经营此室，静适无匹。室之一隅，为财神座，神像丑陋，几如老冯。神前焚香，日夜不绝。然吾辈烟雾浓时，殊不闻香气。面神座为老冯之棺。老冯生时，经营此棺，不遗余力，每有生客至，辄指以夸示之。棺用黑漆，上有朱书金字。老冯告我，此棺来自中国云。每余早来，老冯辄为余布席于棺前，以其幽静，又面窗，时有凉风自弄入故也。室中诸席之外，别无陈设，独黑漆之棺，与彼老财神耳。

老冯未尝语人何故名其肆曰百愁之门。在加尔各达之华人，多喜用吉利之字。其用此种逆耳之字者，惟见老冯一人耳。吾辈久之，亦稍稍悟老冯命名之意。盖天下之物，无如鸦片中人之深者。白种人当之尤甚。黄种人似有天赋异禀，殊能御烟毒。白人黑人则不然。虽间亦有能不为烟所毒者，其人初吸烟时，都能酣睡如恒人，晨兴操业，一如平日。余初吸鸦片时，正如此辈。然余操之已五年，今大非昔比矣。余有一姑居亚葛拉，死时遗产归余，余每月得六十罗比（币名）。六十罗比为数甚戋戋，当吾在加尔各达经理伐木时，吾每月所入，乃在三百以上。然此已成往迹，及今

① 加尔各达，今译加尔各答，是印度第三大城市，从1772年到1911年，是英属印度的首都。

思之，如隔百年。吾不能久于所业，鸦片之力乃不容吾更治他事。吾之中烟毒未必甚于他人；然吾今虽刀锯在颈，亦不能作一日之工矣。其实六十罗比，适敷吾用。老冯生时，每为余取钱，自留其半，而以其半为余日用，余所食甚微也。吾在此门中自由无匹，欲吸烟则吸烟，欲睡则睡，故余殊不屑与老冯较计。吾明知老冯赚利甚巨，然此何与吾事？实则天下何事足关吾心者？况此六十罗比，每月源源而来，不虞乏绝乎。

百愁门初创时，凡有十客。吾之外有两巴布，来自阿那古里，财尽而去。一为老冯之侄。一为商媪，颇有所蓄。一为英人，其名则余忘之矣。此人吸烟无算，而未付一钱。人言此君在加尔各达作律师时，曾救老冯之命，老冯感恩，不受其值云。一人来自马德拉，与余为同乡。一为半级妇人。馀二人来自北方，非波斯人即阿富汗人耳。此十人者，今惟五人存，皆日日来此。其两巴布今不知所终。商媪入此门六月而死。人言老冯藏其首饰及鼻上金环，不知确否？其英人既吸烟，复纵酒，久绝迹矣。其一波斯人，一夕与人讧，为人所毙。越日，警察得其尸于可汗祠侧大井中，遂封井禁汲，谓有秽气存焉。今所馀者，老冯之侄，半级妇人，马德拉人，及一波斯人，与余耳。半级妇人依老冯为生，余仿佛犹记此门初创时，妇似尚少年，今则衰老矣。然馆中之客，今都衰老，不独妇也。

此中无有岁月，岁月亦何与吾事？吾每月得六十罗比足矣。当吾月得三百余罗比之时，吾亦有妻，今亡矣。人言吾之嗜鸦片，实吾妇致死之因，此言或未必无据。然此事久成陈迹，何必重提。吾初入此门时，心中尚耿耿不宁，今久不作此种痴念矣。吾月月得六十罗比，正复足乐，非醉于烟而乐也，此间静寂，吾又逸豫知足耳。

公等欲知吾嗜烟之由来乎？吾吸烟始于加尔各达，初在家尝试之，癖殊未深。吾妻盖死于是年。吾亦不知何以身在此间，何以与老冯相识。盖老冯语我以此门所在，入门以来，遂不复舍去。公等须知此为上等烟馆。老冯在时，烟客来者，皆畅适满意，非如彼下流烟榻，但可供黑奴横陈而已。此间地既寂静，来客又稀，无拥挤之厌。吾所记十客之外，盖尚有他人。惟吾十人，人据一席，幐以高枕，枕席上都有朱漆龙文。初余吸烟至三筒以上，则席上群龙都奕奕飞舞，若相搏噬。余每视龙斗，则止不复吸，以自节制。今历年久，须十二三筒，龙始蠢动。席又敝坏，龙文剥落，而老冯亦死久矣。

老冯死二年矣。死时以余今所用烟枪为赠。枪为银质，烟斗之下，刻怪兽为饰。余曩用竹枪，铜斗而翡翠嘴，竹性似能收受烟乳，不待挖拭。今所用银枪，须时时挖之，深以为苦。然此乃老冯遗物，吾不忍弃也。老冯得吾财必不少，然彼所供枕席烟膏，皆佳洁上品，不可没也。

老冯既死，其侄正林继业，改百愁门为三宝殿。然吾辈老客，结习难忘，犹呼为百愁门如故。正林治事殊苟且草率，而半级老妇，曩与老冯居者，今转依其侄，助其经纪，业乃益下，来客流品亦日杂。下流黑人，公然侵入。而馆中乌烟，亦不如往日之佳。今膏中杂烟灰甚多，若老冯生时，决无此也。室中无人洒扫，席敝见地，亦不复更置。室隅之棺，久不复在，盖载老冯回支那去矣。室中财神所受香火，亦不如前之盛，此衰征也。神像积尘亦无人问，此老妇人之过也。正林每焚纸钱，妇辄止之，以为无用。又言若以胶润香，则可久焚不尽，神未必较计，可节费也。今神前之香，乃作胶臭。室中积气已不可耐，况益以此乎？似此经纪，安有起色？财神厌弃之矣。吾每于深夜烟雾朦胧中，恍惚见财神面色更变，由青而绿而红，有时复见神目怒睁，狰狞若魔鬼然。

吾亦不解吾何以不舍此而他适。然吾苟去此，正林必置吾死地无疑。正林每月得吾六十罗比，岂肯纵吾他往！且别觅一席地亦大费心。吾居此门又已久，终难舍去也。门中已非复旧观，然吾不能去。吾居此阅人多矣，吾屡见人死于此间席上，今吾老矣，颇不愿死于门外。老冯选客极慎，未尝纳龌龊之流。正林则大异于是，彼逢人辄称其烟铺，来者渐众，而品益下，黑人尤众，正林致不敢纳白人。白人独吾与其一马德拉人及半级老妇存耳。（印度人属高加索种。）吾辈不可动也。然正林殊慢吾辈，至不容一筒之欠负云。

他日吾当死于百愁门中。其波斯人及马德拉人，已衰迈不堪，今皆需人为烧烟。吾尚健，不待人助。尚及见此二人先吾死耳。然吾或死于半级老妇及正林之先。妇人不易死。正林虽贱，然尚健也。十客中之商媪未死前二日，即前知死征，乃易席洁枕而殁。死时，老冯悬其烟枪于财神之侧，以示哀。然老冯不以此而不取其首饰也。吾甚愿死时能如此媪，席洁而凉佳膏在口而逝，吾愿足矣。吾死期近时，当告正林作如此措置，许以每月之六十罗比，彼当首肯，然后吾乃仰卧，静观席上群龙作最后之搏斗……

其实此种后事何必关心？天下何事足萦吾心者？吾惟愿正林勿以烟灰入膏耳。

七、决　斗[1]

[俄国] 泰来夏甫[2]

泰来夏甫（Nikolai Dmitrievitch[3] Teleshov）生于一八六七年，尝肄业于莫斯科工业学校。至一八八四年，氏时仅十七岁耳，即以文学见称。其所著作大抵事俄国当代文豪契诃夫（Chekhov），今其年未满五十，而名满东欧，为新文豪之一云。

此篇乃由英文转译者。全篇写一件极野蛮的风俗，而以慈母妪煦之语气出之，遂觉一片哭声，透纸背而出，传神之笔也。民国五年译者记于美国旅次。

一日早晨，乌拉得米（名）克拉都诺夫（姓）同一军官决斗。

克拉都诺夫也是一位少年军官，身长，面秀，年方二十二岁，鬈发可爱，身穿军服，脚踏骑马长靴，却没有戴帽子，也没穿外套。他直立在那雪遮没的草地之上。圆睁着两眼，望着他的敌手。两人相距不过三十步。

---

① 本篇译于1916年1月，原载1917年9月《留美学生季报》秋季第三号。

② 泰来夏甫，俄国作家，1867年11月生于莫斯科，1957年3月逝世。创作以短篇小说见长。

③ 此处胡适将泰来夏甫的英文译名拼错，正确的应为“Dmitrievich”。

他的敌手正在举起手枪，对准了克拉都诺夫。

克拉都诺夫把双手抱胸，手中也拿着手枪，正等候他的敌手先放；他脸上虽没有平常的光彩，却没有一毫畏惧之色。

他自己的危险，敌人的决心，两边副手（凡决斗皆有副手，皆以本人之好友为之。）的担心，和死期的接近，这种种严肃的思想，把这一分钟都变化成了一片惨怛肃杀的气象。

他们来这里解决一件关于名誉的问题，人人都觉得这问题关系很大，他们越不懂得他们自己干的甚事，便越觉得这时候的庄严可怕。

轰然一响，手枪放了，人人打一个寒噤。克拉都诺夫两手一松，两膝一弯，倒在雪地上。弹子打在头脑里，血流不住，他脸上，发上，雪地上，都是血迹。两边的副手跑向前把他扶起，同来的医生验过了，说是死了。

这件关于名誉的问题算解决了。

如今剩下两事，第一须报告本营军人，第二须报知死者的母亲。他的母亲所生，只有一子。如今死了，更无他人可靠。他们没有决斗之先，谁也没想到这老母亲；如今他儿子死了，他们才都想起他老人家怎样可爱，怎样可怜。他们都说，这事不可陡然叫他老母知道，只可慢慢地把死信透露与他。他们议定了，公举一位最精细的伊凡（名）古奴本科（姓）去办这件最不好办的事。

斐拉吉亚夫人（即乌拉得米·克拉都诺夫之母）才起床不久，正在预备早茶。看见伊凡·古奴本科走进来，忙起身迎他，口里嚷道："伊凡君来得凑巧，正好喝一杯茶。你一定是来看乌拉得米的。"

伊凡勉强答应道："不是的，我打这里走过……"

夫人赶着说道："你可别见怪，这孩子还在好睡哩。昨夜上我听见他在房里踱来踱去，一夜不曾睡。故我告诉下人们不要惊醒他，横竖今天是假期，他无事，正好多睡一会儿……但是你可有要紧公事要找他吗？"

伊凡道："没有的，我走过这里，……进来望一望……"

夫人道："你果要见他，我立刻叫人唤醒他。"

伊凡道："不必，不必，你老人家别忙。"

老夫人看他支支吾吾的神情，估量他有要紧事要见他儿子，故此不容他分说，自己走出去了。

伊凡踱来踱去，抓头纹手，不知道如何开口。时候到了，但是他的胆子都无了，心中只顾怪他自己不该管这闲事。

这时候老夫人回来了，口里嚷道："你们这些少年人真正靠不住。我在这里轻轻地弄杯子，盆子，不敢做一些儿响声，怕惊搅了我的孩子。谁知道他却早悄悄地出去了……你为甚么不坐一会儿？请用一杯茶罢。你近来许久没来看我们了。"

老夫人说到这里，心中快活，忍不住微笑，接着说道："近来我们这里的好消息多得很哩。乌拉得米想早叫你知道了。我这孩子怪爽直的，总不会瞒人。昨晚上我心中暗想道：'呵哈，这孩子一晚上踱来踱去不睡觉，他一定又在那里想丽娜佳了。'他总是如此，每回他在房里走来走去，明天一定去到……唉，伊凡君，我现在只巴望上帝给我这一点快乐，我这一把年纪了，还想别的吗！我只有一宗希望，一宗快乐……我每想乌拉得米和丽娜佳完婚之后，我简直不用再祷告上帝了。（译者按：言此外别无所求，故不须再祈祷矣。）到了那一天，我才不知怎样快活哩！……我有了这孩子，便不想别的，我别无他求，只求他的快乐。"

老夫人越说越动了感情，说到后来，快活极了，眼泪也滚下来了。他一面揩眼泪，一面说道："伊凡君你记得吗？他们两口儿起初因为钱的缘故，很不如意，……你们少年士官，没有存款，是不许娶妻子的。……现在可好了，我已弄到了那应需的五千个卢布（俄币名）。他俩儿，如今随便那一天都可结婚了。……是的，丽娜佳写了一封怪可爱的信给我……我的心中好不快活。"

老夫人一面说话，一面摸出一封信，指给伊凡看了，仍旧放在袋里，口中嚷道："丽娜佳，好一个女孩子，那么可爱！"

伊凡听老夫人说话，坐在那里，真个如坐针毡。好几次他心想打断老夫人的话头，告诉他不要做梦了，如今什么事都完了，他的乌拉得米已死了，他的种种快活的希望，不消一点钟，都要风流云散了……但是他没有这硬心肠，所以他只坐着听，却不敢开口。他看了老夫人慈祥和气的面貌，他心中好不难过，喉咙也哽住了。

老夫人忽然问道：“你今天为什么脸上这样不高兴？你满脸都怪愁苦的。”

伊凡心想要说：“是呀，要是我和你说了，你的脸上也要和我的一样了。”但是伊凡总说不出口，也不回话，扭过头去，把手尽捋他的胡子。

老夫人心中高兴，也不注意伊凡的举动，接着说道：“我这里有一个信给你。丽娜佳信中提起你，还叫乌拉得米同你去看他。你自己知道丽娜佳怎样看得起你，……我不可不把信给你看。你看，这女孩子这么可爱！”

老夫人从袋里取出一封薄薄的，密密书写的信笺，打开了，递给伊凡。伊凡脸色更不好看了，把手推开这信笺。老夫人也不在意，自己高声读道：

> 书上斐拉吉亚老夫人。我不知道什么时候才可不称你为“斐拉吉亚老夫人”，直称你作“我的最亲爱的妈妈”。我很盼望这时候不久就到，因为我早就要唤你作“妈妈”了。……

老夫人停住了，两眼汪汪地，噙着眼泪，抬起头来对伊凡道：“伊凡君，你看，……”

老夫人忽然看见伊凡手捋胡子，眼中也噙着眼泪。老夫人便立起身来，把手颤颤地摸伊凡的头发，又把嘴亲他的额角，低声说道：

“伊凡君，多谢，多谢。（老夫人盖以为伊凡之泪乃由听书中之言而发。）我常说你和乌拉得米不像是朋友，竟像两弟兄……你不要见怪……感谢上帝，我心中真快活。”

老夫人一头说，眼泪不住的滚下来。伊凡心中更难受，只好拿住了老夫人冰冷骨硬的手，把嘴去亲他。伊凡几乎要哭出声来，又不敢开口。如今老夫人把他做自己儿子一般看待，显出这一种做娘的亲爱。伊凡心中天良发现，心想倒不如他自己被人枪死在雪地里，也胜似到这里来听他老人家夸奖他和他儿子的交情。再过半点钟，他老人家总得知道底细，那时候伊凡还算做人吗？他又想，他自己亲眼看见人家把手枪对准了乌拉得米，却为什么不劝阻哩？他还算是朋友哩！还算是“弟兄”哩！好一个“弟兄”！可不是他替他们量好相隔的距离，又替他们装好枪弹吗？……伊凡想到此地，心中好不惭愧，简直不把自己当作人看待了。却待要开口，又一个字都说不出。真是无可奈何。忽然又想起事不宜迟，报死信的不久就要到了！但是他又想，难道这几十分钟的空快活，都不许他老人家享受吗？……他就要开口，又怎么说法哩？怎么好叫他老人家预备着听他儿子的死信哩？伊凡越想越糊涂了。

他心中早已把种种的决斗，种种的口舌，种种的“英雄义气”，种种的“关于名誉的问题”，一概都骂够了。没奈何，打定主意，立起身来，要不说实话，还是走罢。

伊凡伸出手来，拉了老夫人的手，弯下身子，将嘴去亲手。其实他弯下身去，不过要遮住他脸上一脸的热泪。他放了手，拔脚就跑，走出来取了他的外套，飞跑出门，头也不回的去了。

老夫人摸不着头脑，眼看伊凡跑了，口里咕噜道：

“哼，他也爱上了什么女孩儿了……少年人怪可怜……没有尝着快乐，倒先受烦恼……”

老夫人说过了，就把伊凡也忘记了。他老人家仍旧做他的好梦，梦那些天大的快乐。

八、梅 吕 哀[1]

[法国] 莫泊三[2] 著

莫泊三（Guy de Maupassant）生于一八五〇年，死于一八九三年。法国十九世纪末叶之大文豪也。著小说甚富，亦以诗鸣。所著短篇小说，尤见称于世，有“短篇小说第一名手”之誉。莫氏尝师事文豪佛罗倍尔（Flaubert）[3]。佛罗倍尔者，与左喇（Zola）[4]齐名，以写实主义、自然主义风动欧洲者也。莫氏为文，纯然为自然主义一派。论者谓自然主义至莫氏而极盛。极盛之后，难乎为继，故莫氏死而自然主义遂衰矣。其见重于世如此。本篇不足以代表莫氏之自然主义。然其情韵独厚，尤近东方人心理，故首译之。“梅吕哀”者，法文为Menuet，英文为Minuet，乃一种蹈舞之名。此舞盛行法国。至十九世纪中叶以

---

① 本篇原载于1917年4月《新青年》第三卷第2号。

② 今译莫泊桑，19世纪后半期卓越的批判现实主义作家。因一生创作了300余篇优秀的短篇小说，而被誉为“法国短篇小说之王”。

③ 佛罗倍尔，今译福楼拜（1821—1880），19世纪中叶法国伟大的批判现实主义小说家，代表作有《包法利夫人》《情感教育》等。被誉为“自然主义文学的鼻祖”“西方现代小说的奠基者”。

④ 左喇，今译左拉（1840—1902），法国大作家，自然主义文学流派领袖，代表作有《娜娜》《萌芽》《金钱》等。

后，帝国瓦解，此舞亦绝。

吾友毕代尔老而鳏，更事既多，遂成玩世，本篇所记，皆此君之言也。其言曰：

人生哀乐之大者，鲜能感伤吾心。吾久经战阵，往来死人血泊之中，淡然若无所睹。至于人间暴行惨事，虽或动吾憎恶，或生吾遐想，然皆不如一二伤心细事之能使我心动而骨颤也。人世至哀莫如母之丧儿，子之丧母。此种惨痛之来，固足摧伤心肝，然事过境迁，亦渐减损。譬如大创，创平而痛失矣。独有一种不期之遭遇，隐秘之哀情，偶一遇之，如打破无可奈何之天，其中种种无可奈何之苦恼，一一呈现。以其敦厚，故入人深；以其离奇，故感人烈；以其无可如何，故令人心伤而魂荡。此种情境，一旦遇之，能产生一种苦恼，盘踞心坎间，虽历年久远，不易澌灭也。

此种情境，常人遇之，往往夷然不为所动。然吾生遇之可一二次，辄为感慨哀伤，不能自已。今且为君等述一事。此中重要脚色，已苍然老人，虽尚活泼如小女子，似殊不足动人情感。诸君或笑吾情痴，作无端之感喟耳。

吾今已五十岁。然当时尚为少年，治法律。余生多愁，苦思虑，颇厌恶酒肆歌筵。尤不喜近无赖少年，下流妇人。余每日早起，辄喜于八点钟左右至鲁森堡花园中散步。诸君皆少年，或不知此园之历史。此园，为前世纪之遗物，风韵悠然，如半老佳人之一笑。园中矮树夹径，俨如短墙。园丁修剪此项矮树至勤。花径两旁多蔷薇花，或种花树。有时小树成行，状如结队散步之小学生。园之一角，有蜜蜂一窠，蜂房千万户。日光中时见群蜂往来，一一皆作金色。此园中之真主人，真游客，真能享受此清幽胜境者，仅此群蜂耳。

余日日至此。至则坐一凳上，展书读之。有时废书静坐，悬想巴黎城中生活，赏玩道旁古式矮树之篱。久之，余始知绝早来游此园者，固不止余一人。有时常遇一短小老人。其人服式奇特：鞋上有银扣，膝上有护膝，衣作鼻烟色，帽尤怪特，边阔而质厚，骤见之疑为千年前古物也。其人瘦削，颧骨微露，面往往作笑容，目光清朗而转动不息。手携行杖至巨，杖头为金质，疑为其人所得之贵重纪念品也。

余初遇此人时，颇以为异，每留心觇其行动。余往往隔篱窥之，不为所见也。

一日之晨，此人似不知园中有他人在，忽作种种怪异之举动。初为雀跃，继作磬折，忽而跃起，两足相击作声，忽而转身跳动，怪态百出，面作笑容，如对满座之观者，时复鞠躬点头，如答众宾拍手喝彩时也。

余骤见此景大骇，既而始知其为跳舞，则益骇。久之舞毕，其人进行两三步，若台上伶人然；又退两三步，微笑，自吻其手，若台上伶人然。然园中实无座客享此奇福，唯有两行矮树耳。舞毕，其人遽作庄容，徐步行园中，非复曩者之舞人矣。

自此以后，余日日留心窥视之，始知此人每晨必演习此种怪异之跳舞。余窥之既久，每思识其人，与之接谈。

一日，余与相值，因作寒暄语曰："今日天气可谓佳美矣。"

其人答曰："诚如君言。此种天气不殊往日也。"

语时鞠躬为礼，状极谦和，壹如王宫之老狎客也。自此日以后，余遂与之为友。不七日而周知其生平历史矣。

此人当法王路易十五世时，在王宫乐部中为舞人。其手中金质行杖，乃当日克来曼公爵所赠物也。余与之言，偶及跳舞，此君辄眉飞色舞，高谈不倦，移时不休也。

一日此君谓余曰：

"君知吾妻即拉楷笃丽乎？（拉楷笃丽为路易十五世时乐部名优，尤以舞著。）君如不弃，仆当为君绍介与吾妻相见。惟吾妻不能于晨间来此耳。此园为吾夫妇两人所最钟爱之物，前朝陈迹，今皆废绝殆尽，独此园存耳。若无此园，则吾两人之生趣真全绝矣。君不见此园之苍古而幽雅，迥异寻常园子耶？吾每来此间，辄觉少年时之空气，今皆变换，独此中尚有旧日空气存耳。以此之故，吾夫妇日日下午来游，至暮始去。吾喜早起，故晨间亦来游也。”

予是日匆匆午饭，复至鲁森堡园中。俄而吾友与其妇至矣。妇衣黑衣，身极短小，老矣。此当日见爱于路易十五世，见怜于欧洲诸君主，见称于其时之朝野上下之名舞工拉楷笃丽也。

吾三人同坐凳上。时当五月，园中花气随风袭人。烈日照树叶上，光线于枝叶空罅间，纷纷下射，及于吾三人身上。园中寂无一人。吾辈微闻远处车马之声而已。

吾忽问吾友曰：“君幸告我‘梅吕哀’是何等跳舞？”

吾友闻吾言，颇示惊异之色，徐言曰：

“梅吕哀者，舞中之女王而女王之舞也。君领会吾言否？今王朝既已不复存，则梅吕哀亦成绝艺矣。”

吾友遂为余高谈此舞之妙处，滔滔不已。其辞多不易了解。予生平未尝见此舞，故乞吾友一一为状其节奏步舞之层次、疾徐。问既繁，吾友乃不知所以答之。盖吾友为此技高手，而予为门外汉，故往往所答非所问，而听者反更茫然不解也。

其时吾友之妇方默然静听。吾友忽回顾其妇曰：

“爱儿瑟（拉楷笃丽之小名），汝能不嫌……汝肯……汝能勉为吾友一舞，以示此舞之为何状乎？”

其妇无语，惟以目四瞩园中，见无外人，乃起立。吾友亦起立。两人为余作“梅吕哀”之舞矣。

两人忽退忽进，忽相向微笑，忽相对鞠躬，忽相携而回旋，如一对傀儡，机捩既开，自然动作，虽历年久远，不无生涩，而本来之工夫已深，风仪自在，不可掩也。

予观此两人跳舞，悲从中来，凄楚万状，俨如亲见一百年前可哀可笑之陈鬼也。

俄而舞毕矣。两人相对作怪笑。已而皆泪下呜咽，则又相抱而泣矣。

三日之后，予以事出都，遂不复与吾友夫妇相见。后二年，予复归巴黎，则鲁森堡花园已不复存矣。不知吾友夫妇失此古园后，何以为生？其已死耶？抑尚踽踽凉凉，偷生于今世“新式”之街衢间耶？抑尚时于高冢古墓间，松声月色之下，再作“梅吕哀”之舞耶？

此两人之影子，时时往来吾脑中。每一念之，使我惨怆，如受重创，终不能去之。吾亦殊不解其何以致此也。君等得毋谓我愚而痴乎？

九、二　渔　夫[1]

[法国] 莫泊三

六年正月，病中不能出门，译此自遣。适识。

巴黎围城中（此指普法之战，巴黎被围之时），早已绝粮了。连林中的飞鸟，沟里的老鼠，也渐渐的稀少了。城中的人，到了这步田地，只好有什么便吃什么。还有些人，竟什么都没的吃哩。

正月间（一八七一年），有一天天气很好，街上来了一人，叫做麻利沙。这人平日以造钟表为业。如今兵乱时代，生意也没有了。这一天走出来散步，两手放在裤袋里，肚子里空空的，正走得没趣的时候，忽然抬头，遇着一个钓鱼的老朋友，名叫苏活的。

当没有开战之先，麻利沙每到礼拜日早晨，便去钓鱼。手里拿着鱼竿，背上带着一只白铁小匣子，趁火车到阁龙，慢慢的走到马浪岛。到了那里，便坐下钓鱼。有时一直钓到天黑，才回巴黎去。他来的时候，每回在这里遇着这位又矮又胖，在诺丹街上开一个小店的苏活先生。这两个人都是“钓鱼迷”，常常同坐在一块地方，手里拿着钓竿，两脚挂在水上。不多几时，两人竟成了最相好的朋友了。

---

① 本篇翻译于1917年1月，原载1917年3月出版的《新青年》第三卷第1号。

有时他们两人来到这里，终日都不说话；有时两人坐下细谈。但是他两人同心同调，不用开口，也能相知了。有时春天到了，早上十点钟的时候，日光照在水上面，发生一种薄雾；日光照在两人背上，又暖又温和。麻利沙往往回过头来对苏活说："这里真好啊！"苏活回答道："再好也没有了。"这寥寥几句话，尽够了，不用多说了。

这一天，这两个钓鱼朋友在路上相遇，握着手不肯放，觉得在这个时候相遇，情形大变了，心中怪难受的。

苏活叹一口气，低低说道："这种日子很难过啊。"麻利沙摇摇头说："可不是么，更加上这种怪闷人的天气，今天是今年第一个晴天呢。"

这一天的天气却真好，天上一片云也没有，万里青天，真正可爱。这两个朋友一头走，一头想。忽然麻利沙说道："如今鱼是钓不成了。我们从前那种快乐也没有了。"苏活说："只不知道几时我们方可再去钓鱼呢。"

说到这里，两人走进一家小酒店，喝了一盅烧酒解闷。喝了出来，还同着散步。

忽然麻利沙停住脚，问他的朋友道："我们再喝些烧酒罢？"苏活说："随你的意。"于是两人又找一家酒店再喝了些烧酒。

喝了出门，两人的脚步便有些不稳了。原来他俩儿肚子都是空空的，酒入饥肚，更易发作。到了外面，被冷风一吹，醉的更利害了。[法国之阿不醒（Absinthe①）酒力最利害，最近吾国之烧酒。] 走了一会，苏活忽然停住脚，问他朋友道："我们再去，你说好么？"麻利沙问道："那里去？"苏活说："钓鱼去。"问道："那里去钓呢？"苏活道："到我们的老地方去。法国的守兵屯在阁龙的附近，带兵的杜木能中尉是我的熟人，他定许我们出去的。"麻利沙听了大喜，说道："妙极了，我一定来的。"

---

① Absinthe，苦艾酒，又译"艾碧斯"，有致幻作用，多饮会中毒。19世纪时风靡欧美，20世纪初被西方国家立法禁售。

两人约好了，各回家去，取了鱼竿、钓丝，不到一点钟，他俩儿同行出城。不多一会，到了杜中尉驻兵的所在。中尉听了两人的要求，笑着允许了。两人得了出入的暗号，辞了中尉，再向前行。

不多时，他两人离法国守兵的防地已远了。他们穿过阁龙，走近瑟恩河边许多葡萄园子的外边，那时已是十一点钟了。前面便是阿阳泰村，望去好像久没有生气了；再前面，便是倭曼岗和散鸾岗两座高岗；下望全境，底下一片平原，全都空无一物，但见铅色的泥土和精秃的樱桃树罢了。

苏活手指高岗说道："那上面便是普鲁士兵了。"两人对这种荒废的乡村，心中颇不好过。他们虽不曾见过普鲁士的兵，但这几个月以来，巴黎的人心中谁没有个普鲁士兵到处杀戮抢掠的影子呢？这两个朋友走到这里，心里颇觉又恨又害怕这般不曾见过的普国的兵。麻利沙开口道："我们倘碰着些普鲁士兵，如何是好？"苏活笑答道："我们送他们几条鱼就是了。"嘴里虽如此说，他俩儿却到底不敢冒险前去，因为这里四面寂静，无一毫声响，很可使人疑惧。后来还是苏活说道："来罢，我们既到这里，总须上去，不过大家小心就是了。"

两人躲在葡萄园里，弯着腰，在葡萄藤下低着行去。过了葡萄园，还须过一片空地，方到河岸。两人飞跑过了这块空地，到了岸边，见芦柴很长，便躲在里面。麻利沙把耳朵伏在地上，细听左近有无脚步声响。听了一会，听不出什么，料想这里是没人的了。两人把心放下，便动手钓鱼。

前面便是马浪岛，把他们遮住，使对岸的人看不见他们的所在。岛上一个饭店，门也闭着，很像几年没人来过的样子。

苏活先钓得鱼，麻利沙随后也钓着了。两个钓鱼朋友，接着钓上了许多鱼，高兴得了不得。他们带了一副密网，把钓着的鱼都装在网里。他两人许久不到这里了，如今重享此乐，好不快活。那太阳的光线，正照在两人背脊上，两人都出了神，只顾钓鱼，别的什么事都不管了。

忽然轰的一声，地震山摇，原来敌军又开炮了。麻利沙回头一看，望见左边岸上一阵白烟，从韈勒宁山上冲出来。一霎时，第二阵又响了。过了几秒钟，又是一炮。从此以后那山上接连发炮，炮烟慢慢的飞入空中，浮在山顶上，像云一般。

苏活把两肩一耸，对他朋友说："他们又动手了。"麻利沙气忿忿的答道："人杀人杀到这样，岂不是疯子吗？"苏活道："这些人真是禽兽不如了。"麻利沙刚钓上一条小鱼，一面取鱼，一面说道："一天有政府，一天终有这些事，想起来真可恨。"苏活道："要是民主政府，决不致向普国宣战了。"（普法之战，始于法帝拿破仑。及西丹之败，帝国破坏，巴黎市民宣告民主政府，自为城守。）麻利沙接着说道："君主的政府便有国外的战争。民主的政府便有国内的战争。终免不掉的。"（译者按：此时在美国南北战争之后五年。此语盖指此也。）两人越说越有味了，遂细细的议论起政府来了。谈了一会，两人都承认人生无论如何终不能自由。那时韈勒宁山上的大炮不住的响，也不知扫荡了多少法国的房屋，也不知打死了多少的生命，也不知打破了多少人的希望梦想，也不知毁坏了多少人的快乐幸福，也不知打碎了多少爷娘妻女的心肝。

苏活叹口气道："人生不过如此。"

麻利沙答道："不如说死也不过如此。"

两人话尚未了，忽听得背后有脚步声响，急忙回看，只见身后来了四个高大有胡子的兵，衣服都像巴黎的马夫一般，头上各戴平顶小帽，四个人把四杆枪封住了这两个渔人。两人吓了一跳，手里一松，两条鱼竿都掉下水去了。不到几秒钟，两个人都被捆起，装上一只小船，载过河送到马浪岛上。

岛上那间饭店，初看似久没人到的，其实里面藏着二十多个普鲁士兵。有一个满脸胡子的大汉子坐在一张椅上，嘴里衔一条长柄的烟袋，说着很好的法国话，对他们俩儿道："你两位今天钓鱼的运气不坏么？"那时一个兵便把他两人所钓得的一网鱼放在那兵官的脚下，那兵官看了微笑道："倒也不坏。但是我们且谈别的事。你二人莫要害怕，且听我说。依我看来，你二人是两个奸细，派来打听我的行动消息的。如今被我捉到，不用说得，该用枪打死。你们假装钓鱼，想瞒哄我，好刁滑！如今撞到我手里，莫想逃生。这是战时常事，免不得的。”

那兵官说到这里，忽然换了口锋，说道：“但是你们既经过守兵的防地来到这里，一定有一句暗号，方可回得城去。你们把那句暗号告诉了我罢，我便放你们回去。”

这两个钓鱼朋友面如土色，站在一块，不做一声。那兵官接着说道：“你们告诉了我，谁也不会知道。你们平平安安回家去，谁疑心你们泄漏了消息呢？你要不肯说时，我立刻枪毙你。你们自己打算罢。”

两个渔人也不动手，也不开口。

那兵官把手指着河水说道：“你们想想看，五分钟之内，我要把你们葬到河底下去了。五分钟！我想你们总有些亲人罢？”

那时轘勒宁山上的大炮正响得利害，两个渔人站在那里，总不开口。

那兵官回过头来，用德国话，发一个号令，他自己把椅子一拉，退后了几步。当时走上了十二个兵，拿着枪，离两个囚犯二十步，站住。

那兵官喝道：“我限你们一分钟，决不宽限。”说了，他自己站起来，走到两个渔人身旁，把麻利沙拉到一旁，低声说道：“你告诉我那暗号罢。你的朋友不会知道的。你说了，我假装怪你不肯说。”

麻利沙只不开口。

那兵官又把苏活拉到一旁，同样的劝他。

苏活也不开口。

两个人又送回原处，那兵官下一号令，那十二个兵举起枪来。

麻利沙的眼睛忽然看见地上那一网的鱼，在日光里面，那些鱼个个都像银做的。麻利沙心里一软，眼泪盛满眶子，他勉强开口道：“苏活哥，再会了！”苏活也答道：“麻利沙哥，再会了！”

两人握握手，浑身索索的抖个不住。那兵官喝道：“开枪！”

十二枪齐放。

苏活立刻向前倒下死了，麻利沙身体稍高，斜倒下来，横压在他朋友的身上，面孔朝天，胸口的血直流出来。

那普鲁士兵官又下一号令，教那些兵到外面搬些大石块进来，捆在两个死朋友的身上，捆好了，抬去河边。

那时轘勒宁山上的大炮，还正在轰轰的响。

两个兵抬着一个死尸，用力一丢，抛在水中。两个死尸，各打一个回旋，滚到河底去了。河水被死尸打起些白浪，不到多时，也平静了。但只见几带鲜血，翻到水面上来；更只见风送微波，时打河岸。

那普鲁士兵官始终不动声色，见事完了，笑着说道："如今该轮到那些鱼了。"说着，走进屋去，看见那一大网的鲜鱼，他提起网来，仔细看了一会，高声叫道："维亨。"一个穿白围裙的兵应声走上来，那兵官把那两个死朋友的鱼交给他，说道："维亨，趁这些鱼没有死，赶快拿去，替我煎好。这碟鱼滋味定不坏的。"

说了，他还去吹他的烟袋。

十、杀父母的儿子[1]

[法国] 莫伯三

那位律师曾说被告一定是疯了。不然，这件奇怪的罪案又怎样解释呢？

有一天早晨，奢托地方附近的一块河边草地上，发现了两个尸首，一个男的，一个女的，都是地方上著名有钱的人。他两人年纪也不少了，去年才结了婚，那时这妇人已经做了三年的寡妇了。

地方上的人都知道这两人是没有仇人的，他们死的时候，并不是被强盗抢劫了的。据死尸情形看来，他们大概是先被人用长铁锹打死了，后来才被丢下河去的。

警察的检验也寻不出什么头绪。河边有几个撑船的，也都考问过，也没有消息。警察都失望的很，正要把这案子搁起，忽然邻村一个做橱桌的少年木匠叫做乔治·路易，绰号叫做“上流人”的，出来到官自首，承认这两个人是他杀的。

随人怎么问，他只答道：“我认得这男的有两年了，认得那妇人不过九个月。他们时常雇我去修理家用木器，因为我是一个很聪明的木匠。”

问官问道：“你为什么杀了他们呢？”

---

① 本篇原载1919年1月26日、2月2日《每周评论》第6、7号。

他答道："我杀了他们，因为我要杀他们。"问来问去，他只是没有别话。

这个少年木匠大概是个私生的儿子，寄养在别处，后来被抛弃了的。他只叫做乔治·路易，没有姓氏。但是他长成时，既有绝顶聪明，又带着一种天生的上流仪表，所以他的朋友都叫他做"上流人"。他做橱桌的手艺，实在很高明。人都说他是一个社会主义的信徒，深信共产主义和虚无党的破坏主义，读了许多惨酷的小说，很喜欢谈政治，每到工人或农人开大会时，他总算得一个能动人的演说家。

那位律师曾说他是疯了，律师说，据被告的账簿看来，死者夫妇两人曾于两年之中照顾了被告三千多弗郎的生意。他要不是疯了，怎么肯杀了这种好主顾呢？如此看来，一定是这个疯了的"上流人"胡思乱想的就把那两个"上流人"杀了，以为这是对于一切"上流人"报仇雪恨的法子了。

律师得意扬扬的接着说道："这样一个无父无母的贫人，人家偏要挖苦他，叫他做'上流人'，这种刻薄挖苦，还不够使他发疯吗？他还是一个共和党呢，你们还不知道吗？他的同党从前的政府也曾枪毙了许多，也曾驱逐了许多，如今可不同了，政府张开了双臂去欢迎他这一党，他这一党本来是用放火作主义，谋杀作常事的。那种不道德的学说，现在到处欢迎，可就害了这个少年人了。他听见共和党的人——甚至于妇女，是的，甚至于妇女——要流刚伯达先生的血，要流葛雷威先生的血。他听了这种话，自然动心，所以他也要流血，要流那些'上流人'的血。所以我说你们不该惩罚这个少年木匠，那有罪的人，不是他，是那市民政府。"

法庭上许多观审的人听了这位大律师的雄辩。大家纷纷赞叹，都以为被告的案子是赢了。代表审厅的律师也不起来反对他。

承审官照例问被告道："被告的犯人，你对于自己的辩护还有什么话要说吗？"

那被告听了问官的话，站了起来。

被告身体矮小，头发作浅黄色，眼睛作灰色，露出一种明了镇静的眼光。他说话时，口齿清楚，声音响亮，不消几句话，便把法庭上许多人刚才所有的成见都变换了。

他说："官长，依这位律师的话，我简直是要进疯人院了。我不愿进疯人院，我宁愿死，总不愿人家把我当作疯子，所以还是我自己招认了罢。"

"我杀这个男的和女的，因为他们是我的父母。

"诸位且请听我说完，然后下评判。

"有一个妇人，生下了一个男孩子，把他送到别处去抚养。这个私生的孩子永远不能出头，永远受苦，——简直可说是受死刑。为什么呢？因为有时月钱断绝了，那狠心的乳娘竟可把孩子冻死饿死，这种情形，那亲生的母亲可知道吗？

"幸而抚养我的那位乳娘倒有点良心，比我自己的母亲好的多呢！这乳娘把我抚养长大——其实他不该如此，正该让我死了。你看大城镇附近村乡里那些丢下的私生孩子，最好是冻死饿死，像垃圾一样，倒了就完了！

"我从小到大，总觉得身上背着一种羞耻的印子。有一天，几个小孩子叫我做'野种'。他们在家中听得这两个字，其实并不懂得什么是野种。我自己也不懂得这两字的意思，不过我总觉得难过。

"官长，我在学堂里要算一个顶聪明的孩子。要是我的爹娘不曾下这狠心肠把我丢了，我也许成一个很有学问的人。

"是的，我的爹娘对于我真是犯了一桩罪过。他们犯罪，我来受苦。他们狠着心肠，我无处伸冤。他们应该爱我的，谁知却把我抛弃了。

"我难道不晓得我这条命是他们给我的吗？但是给这条命有什么用处？依我看来，有这条命反是一桩大不幸。他们既然把我丢了，我对他们无恩可说，只记得仇恨。他们对我犯了一桩最残忍，最无人心，最大的罪恶！

"一个人被人羞辱了，可以打他；被人抢劫了，可以夺回来；被人欺骗了，可以报复他；被人陷害了，可以杀他。——但是我被人抢劫了，欺骗了，羞辱了，陷害了，我所受的痛苦比那种人还要深得多。

“我替自己报仇——我把他们杀了！这是应有的权利，我把他们的快活生命来换他们硬给我的这条苦命。

“你们一定说我是杀父母的逆子！我为了他们受了无限的苦痛，是终身的羞辱，——这两个人可以算得是我的父母吗？他们自己寻快乐，无意之中生下一个孩子。他们硬把这孩子压下了。不料后来也轮到我来压下他们了。

“其实我从前本有意认他们，有意爱他们。这男的两年前初次到我这里来，我毫不疑心。他定买了两件家具。后来我才知道他暗地里早从本地神甫处打听着我的来历了。

“从此他时常来寻我，照顾了我许多生意，每回价钱都很过得去。有时他和我闲谈这样，又谈那样，我渐渐觉得喜欢这个人。

“今年春上，他带了他妻子同来。他妻子就是我的母亲。一进门，他就遍身发抖，我还以为他发了什么神经病。后来他坐下了，讨了一杯水喝，他没有说什么，只痴痴的看我做工。那男的问他话时，他只胡乱答应‘是’或‘不是’。他走了过后，我心想这妇人一定是有神经病的。

“过了一个月，他们又来了。那女的这回却很镇静了。那天他们谈了一回，定下许多木器家具。后来我还见过那女的三次，总不曾起什么疑心。有一天，那女的问起我的家世和我小时的历史。我答道：‘我的爹娘真不是人，把我丢了。’那女的听了这话，把手抓住自己胸口，便晕倒了。我立刻明白了，晓得这妇人就是我的母亲。但是我装作不知，好留心观察他们。

“从此我也打听他们的历史，才知道我母亲刚做了三年寡妇，他们到去年七月才结婚的。外间传说我母亲的前夫未死时，他们两人早有了爱情的事。但是这事可没有凭据。我就是凭据了！他们先前隐藏着，后来要想毁灭的凭据就是我。

“我静待了不多时，一天晚间，他们又来了，这一天那女的好像很有点感动，我也不知为什么缘故，女的临走时对我说：‘我祝望你事业发达。你看来很诚实，又肯发狠做工。将来你总得娶一个妻子，我来帮助你自由拣一个配得上你的妇人。我曾经嫁过一个我不愿意嫁的人，所以我深知道这种婚姻的痛苦。现今我有钱了，没有儿女，自由享受我的财产。我这手里便是送你妻子的嫁资。’他说时，伸出手来，手里拿着一个封着的封套。

“我直望着他，直说道，‘你是我的母亲吗？’他退后了几步，把双手蒙着脸，不敢看我。那男的扶着他，喊着对我说道，‘你疯了吗？’我回答道，‘我并不疯。我知道你们两人是我的父母。不必瞒我了。你认了，我肯守秘密，不告诉外人，我也不怨恨你们，我还依旧做我的木匠。’

“那男的扶着女的，向门口退下，女的要哭了。我把门锁了，把钥匙放在袋里对他说，‘你瞧他这副情形，你还敢赖，说他不是我的母亲吗？’

“那男的越发生气了，脸上变色，心里害怕守了这许久的丑事如今要发作了，他们的身份、名誉，都要失掉了。他说道，‘你是一个光棍，你想讹诈我们的钱吗？我们好心想帮助你们下等人，不料反受这种气。’

“我的母亲不知如何是好，口里只说，‘我们去罢，我们去罢！’那男的走到门边，见门锁了，喊道，‘你要不立刻开门，我就告你讹诈钱财，捉你到监牢里去。’我也不理他。我缓缓地把门开了，望着他们出去，看不见了。我那时好不难受，就像我本有父母，此刻忽然失掉了，被丢下了，逼到走投无路了。我心里非常痛苦，夹着一股怨恨，一股怒气，我周身都震动了，实在忍不住这种不平，看不过这种下流的手段，受不了这种羞辱。我那时也拔脚就跑，想赶上他们。我知道他们一定要经过赛因河上奢托车站去。我不久就赶上他们了。那时天已全黑。我悄悄的跟着他们，不使他们听着我的脚步，我的母亲还在哭着，我的父亲正在说道，‘这都是你自己的错处。你为什么要见他呢？我们现在居什么地位？这不是发痴吗？我们尽可以远远的帮助他，何必亲自去找他？我们既不能认他，又何必冒这些危险呢？’

“我听了这话，便冲上前去，哀求他们道，‘你瞧！你们果然是我的爹娘。你们已经抛弃我一次了，难道你们还不认我吗？’

“官长，那男的动手打我！我在公堂上发誓，他动手打我。我抓住他的硬领，他伸手向袋里摸出一把手枪，那时我的血都冒上头来，我自己也不知做的什么事了。我袋里带着我的铁圆规（画圆所用），我摸出来拚命打了他无数下。那时我母亲大喊着‘救命呀！杀了人了！’他一面喊，一面来抓我的头发。……人告诉我说我把他也打死了。我如何知道那时做的事呢？

“后来我见他们都倒在地上，我也不用思想，便把他们都抛到赛因河里去了。

“我的话说完了，请你定罪罢。”

被告坐下来，有了这番供状，这案子须得下次再开庭判决。这案子不久又要开审了，如果我们自己做陪审官，这件杀父母的案子应该怎么办呢？

十一、一件美术品[①]

[俄国] 契诃夫

Anton Chekov生于一八六〇年，死于一九〇四年。他是一个穷人家的儿子，曾学医学，但不曾挂牌行医。他的天才极高，有人说他“浑身都是一个美术家”。他的著作很多，最擅长的是戏剧和短篇小说。他的戏剧，有《鸿鹄之歌》、《求婚》、《伊凡诺夫》、《海鸥》、《三姊妹》、《樱桃园》等等。他所做的短篇小说有三百多篇，人称他做“俄罗斯的莫泊三”。这一篇是从英文重译的。

亚历山大（名）史茂洛夫（姓）是他母亲的“独子”。这一天，他手里拿着一件用报纸包着的东西，他脸上笑嘻嘻的，走进葛雷柯医生的待诊室。葛医生喊道：“好孩子，你好吗？有什么好事说给我听？”

那少年人有许多话，一时说不出来，答道：“先生，我母亲叫我致意问候你。你知道他所生只有我一个孩子。你救活了我的性命，你的医道真——我们真不知道怎样感谢你！”

葛医生高兴得很，说道：“好孩子，你不要这样说。那是我应该做的

① 本篇原载1915年5月15日《新中国》第一卷第1号。

事。做医生的都应该这样做。”

那少年道：“我母亲只生了我一个儿子。我们是穷苦人家，没有什么东西可以重重的报答你的恩德。我们心里终过意不去。我的母亲，——先生，他所生只我一子，——我的母亲有一件最心爱的小铜像，请你赏收了，总算我们一点小意思。这是一件古铜的雕刻，是一件美术品。”

葛医生正要开口说：“我的好孩子……”

那少年一面打开纸包，一面说：“先生，你千万不要推辞。你要不肯收，我母亲和我便都不快活了。这是一件小宝贝，——一件难得的古董，——我的父亲是一个收卖古董的，他死后我们母子接着做这生意。这件古董是我们留在家里做我父亲的一种纪念品。”

那一重重的纸包已解开了，那少年恭恭敬敬把他的礼物摆在桌上，原来是一支雕刻很精致的古铜插烛台。雕刻的是两个裸体的美人，那种娇痴妩媚的神气，别说我不敢描写，简直是描写不出。那两个美人笑容里很带着一点荡意，好像他们若没有掮住烛台的职务，真要跳下地来大大的玩一回了！

葛医生把这礼物细细看了一会，搔着自己头发，微微咳嗽，说道：“一件好东西，这是不用说的。但是，你知道，——我怎样说好呢？这是不很方便的。裸体的女人！——这是不合礼法的。”

那少年问道：“为——为什么？”

葛医生道：“老实说罢，你想我怎么好把这种东西摆在我的桌上呢？这可不把我一家都引坏了吗？”那少年很不高兴，说道：“先生，这真是我想不到的。你的美术思想也算怪了！你看，是一件美术品！这多好看！功夫何等精致！对着他真可教人心里快活，真可教人掉下眼泪来。你看这多活动！你看这神气！——这神气！”

葛医生打断他的话，说道：“我很懂得这个，我的孩子。但是你知道我是有家眷的人，家里有小孩子，还有一个丈母。这里常有女太太们来看病。”

那少年道：“你要用平常人的眼光看上去，那自然不同了。但是我请你不要学那平常的人。你要是不肯收，我母亲和我心里都很难受。我母亲只有我一个儿子，你救了我的命，我们求你赏收了这件我们最心爱的东西。可惜一对烛台，只有这一支了，还有那一支竟找不到。”葛医生没有法子，只好说道：“多谢你，好孩子，请你替我多谢你的母亲。我同你没有道理可辩，不过你也应该想想我家里的小孩子和女太太们。但是我同你辩论是没有用的。”

那少年见他有意肯收了，高兴得很，说道：“先生，是的，你同我辩论是没有用的。我替你摆在这里，和你这个洋瓷瓶平排。可惜还有那一支找不到了。可惜！”

送礼的少年走了后，葛医生对着这件不欢迎的礼物，手抓头发，心里盘算道：“这件东西可真不坏，这是不消说得的。把他[①]丢出去，未免可惜了。但是我家里是留不得的。这事倒有点难办。还是送给谁呢？”

他想了一会，想着了乌柯夫大律师。这位大律师是葛医生的老同学，现在声名一天大似一天，近来又替葛医生赢了一件小小的诉讼案。

葛医生心里想：“得了！他看老朋友的面上，不要我的律师费，我正该送他一件礼物。况且他又是一个没有家眷的人，很爱这些玩意儿。”

葛医生主意打定，把那古铜烛台包好，上了马车，到乌柯夫大律师家里来。刚巧他的朋友在家，葛医生高兴得很，说道：“你瞧，老朋友，上回承你的情，不肯收我的费，我今天特地带了一件小小的礼物来谢你，你务必赏收了。你瞧，这东西多好！”

那位大律师瞧见烛台，高兴极了，喊道：“再好也没有了！真好功夫！这样精致！你从什么地方找着这件小宝贝？”他说到这里，忽然回过头来对他朋友说道：“但是，你知道我这里不能摆这样一件东西，我不能收下。”

葛医生睁着眼睛问道：“为什么？”

---

① 本书中所有人以外事物的第三人称，绝大部分用“他”字来指代，而非用“它”。详见《他的情人》中的相关注释。

大律师说："你知道我母亲常来这里，还有许多请我办案的人来。我留这东西，还有脸见我的佣人吗？还是请你带了回去。"

葛医生失望得很，大声喊道："决不。你千万不要推辞。你看这件东西的雕刻功夫！你瞧这神气！我不许你推辞。你要不肯收，就是瞧不起我了。"

葛医生说完了话，忙着跑出大门。他坐在马车里，搓着手，心里很高兴，——总算完了一件心事。

乌柯夫大律师嘴里咕噜道："怎么好？"他细细看这礼物，心里盘算如何办法。

"这东西真好！但是我可不能收下，丢了他又太可惜，还是做个人情，送给别人罢。但是送给谁呢？……有了！一点也不错，我拿他去送给那位喜剧名家夏虚京。他是一个古董收藏家。今天晚上又是他五十一岁的生日。"

这天晚上，那支古铜烛台，包得好好的，由一个送信的送到夏虚京的上装室里。这一晚，他这房间里来了一大群男人，都是来看这件礼物的。大家喝彩叫好，一房间里都是声浪，就像一群马叫。戏园的女戏子听见了，也来敲门。夏虚京隔着门叫道："我的好姑娘，你不能进来，我的衣服还没有穿好。"

散戏的时候，夏虚京耸着两只肩膊说道："这件宝贝东西，我怎么办呢？我要带回家去，我的女房东是不答应的。还有女戏子常常来看我。这又不是一张照片，可以藏在抽屉里。"

他背后替他理头发的人听他自言自语，也替他打算，忍不住问道："你为什么不卖了他呢！我家隔壁的一个老妇人专做古董的生意，他一定肯出很好的价钱问你买这个。这个老妇人姓史茂洛夫，这城里人都认得他。"

夏虚京就依了他的主意。

过了两天，葛医生正在他的书房里，嘴里衔着烟斗，心里想着一件医学上的问题，忽然房门开了，前天送礼物的少年，亚历山大·史茂洛夫走了进来。

那少年满脸都是喜色，高兴得很，得意得很，手里拿着一件东西，用报纸包裹着。他忙着说道："先生，你想我怎样快活？运气真好！巧得很，我母亲居然买到你那对烛台的那一支了。你这一对现在全了。母亲高兴得了不得。他所生只有我一个儿子，你救了我的命。"

他快活得手都颤了，满心的感激，他把包裹解开，把那支古铜烛台摆在葛医生的面前。

葛医生张开口，要想说句话，但是说不出，——他没有说什么。

十二、爱情与面包[1]

[瑞典] 史特林堡[2]

A.Strindberg（1849—1912）是瑞典最大文人。他的著作极富，有小说三十种，戏曲五十六种。周作人先生曾在《新青年》第五卷第二号一〇六页略述他的生平事实，可以参看。

葛斯大（名）法克（姓）是部里参事的一个属员。这一天他正式的请鲁以丝的父亲准他同鲁以丝结婚，那老头子第一句话就是："你现在每月有多少进款？"

法克回答道："一个月不过一百个克洛纳[3]。一个克洛纳抵不上中国半块钱。但是鲁以丝……"

老头子说："不要谈别的。你的进款不够。"

法克说："但是鲁以丝同我要好得什么似的！我们两人彼此很拿得稳。"

---

① 本篇原载1919年4月20日至5月4日《每周评论》第18至20号。

② 奥古斯特·史特林堡（1849—1912），全名Johan August Strindberg，瑞典杰出的剧作家、小说家、诗人，北欧现代戏剧的开拓者。他在19世纪末所取得的文学成就，几乎革新了瑞典现代文学的所有形式。

③ 克洛纳（Krona），今译克罗那，或称瑞典克朗，以黄金作担保的瑞典主币单位。

老头子说："也许如此。但是我且问你，你一年只有一千二百的进款吗？"

法克说："我们初次认得是在李丁坳。"

老头子不理他，又问："你除了部里薪水之外还有旁的进账吗？"

法克："有——有一点，我想总够我们用了。况且你知道我们的爱情……"

老头子："是的，但是请你说个数目。"

法克："啊，我可以在外面找点事做，就尽够用了。"

老头子："什么样的事？有多少钱？"

法克："我可以教法国话，还能翻译一点书。此外还可以替人做校对印稿的事。"

老头子手拿铅笔，问道："翻译有多少钱？"

法克："可不一定。此刻我正在翻一本法文书，十个克洛纳一个双页。"

老头子："那本书有多少双页？"

法克："大概有二十四五个。"

老头子："也罢。就算他二百五十克洛纳。还有什么？"

法克："那可不能一定。"

老头子："什么话！你不能一定，就想结婚了吗？少年人，你的结婚观念倒有点古怪！你可知道将来你要生小孩子，你须要给他们吃，给他们穿，还要抚养他们成人？"

法克："但是小孩子还早呢！况且我们现在彼此的爱情热得很，所以……"

老头子："是呵，你们爱情热得很，所以小孩子来得更快！"老头子一说到这里，心里一软，说道："也罢，你们的主意打定了，一定要结婚，我也晓得你们真要好的很。这样看来，我也只好由你们罢。但是你们订婚之后，结婚之前，你应该好好的多弄几个钱，添点进账。"

法克高兴得很，脸上都是喜气，亲亲热热的亲了他丈人的手。他快活得什么似的！还有鲁以丝哩！这回是第一次他们两口儿手挽手的同走出去，个个人都觉得这一对新订婚的男女喜气四射出来！

到了晚上，法克来看鲁以丝，带了校对的稿子来。老头子看他这样勤苦，也很高兴，鲁以丝还让他亲了一个嘴。但是过了几晚，他们去看戏回来时坐了马车回来，这一晚的开销就是十个克洛纳。还有几天晚上，法克本该教法文的，他却来看鲁以丝，带了他出去散散步。

结婚的日子近了，他们须得筹画买家用器具。他们买了两张很好看的红木的床，都是钢丝底子，海鸭绒的褥子。鲁以丝的头发是浅褐色的，所以要买一个蓝色的褥子。他们到家具铺子里，买了一盏红罩的灯，一个很好看的瓷美人，全副席面，刀叉杯盘都全，买这些东西，他们很靠丈母帮他们选择。法克这几天忙得很，东边看房子，西边招呼匠人。家具送来了，须亲自照应着装好摆好，又要写支票付钱，还有许多说不完的事。不消说得，这时候法克是不能格外弄钱的了。但是这有什么要紧？他们成亲之后，日子长哩，可以贴补得起来。他们打定主意要节省过日子，先租两间房就够了。无论如何，小房子总比大房子容易安排。所以他们租了一处楼下的房子，共有两间房，一个厨房，一个套房，每年房租六百克洛纳。起初鲁以丝本想租一所三间的楼房，但是他们爱情热的新夫妇，这点子不如意算得什么事？

房间铺设好了，那间新房真有点像一座小小的圣庙。两张床平排摆着，好像两驾飞车，赶生活的路。蓝的褥子，雪白的被单，枕头套上绣着新夫妇名字的第一个字母，彼此钩缠着，很亲热的。这些东西都很有喜事的气象。那边一挂美丽的帘子，是为新娘用的。他的钢琴，花了一千二百个克洛纳，摆在那边房里。那边房就算是客座、饭厅、书房，一齐在内。里面有一张红木的写字台，饭桌，椅子，还有一架金边的大镜子，一张沙法榻，一座书架，——有了这些东西，更添上一点安乐适意的气象。

结婚的礼节在一个礼拜六的晚上举行。第二天礼拜日的上午，很不早了，这一对新夫妻还在睡哩。法克先起床。虽然日光早从百叶窗缝里射进来了，他不去开窗，却把那红纱罩的灯点起，灯上放出桃红色的光射在那瓷美人身上。那美丽的新娘睡得正浓。这一天是礼拜日，早晨没有货车来搅醒他的新梦。外面礼拜堂的钟声敲得正高兴，很像是庆祝上帝创造男女的纪念。

鲁以丝翻身过来，法克走到帘子后面去换衣服，他走出去招呼厨子预备午饭。那副新办的刀叉器具等闪闪的发亮，耀人眼睛！况且这都是他自己的，——他和他妻子的。他叫厨子到隔壁饭馆里去招呼把午饭送来。饭馆的掌柜的早知道了，昨天就定好了。此刻只消去关照一声，叫他开饭就是了。

新郎回到新房门口，轻轻的敲门问道："我可以进来吗？"只听得里面低声答道："最亲爱的，等一会儿。"

新郎把桌面铺好。午饭送来的时候，桌子上已铺好了雪白的新臬布，上面摆着新碟子、新刀叉、新杯子。昨天新娘带的花球摆在鲁以丝的座位旁边。新娘穿着绣花的早晨便衣走进来时，日光射进来欢迎他。他还觉得有点疲倦，所以新郎搬了一张安乐椅过来给他坐。喝了几滴酒，新娘方才有点神气；吃了一口鱼子酱，胃口也开了。要是妈妈瞧见女儿喝酒，不知要说什么了！但是女儿现在嫁了人了，可以自由了，谁管妈妈说什么！

新郎伺候他的美丽新娘，非常殷勤周到。是何等快活的事！他没有娶妻的时候，何尝没有吃过很讲究的午饭？但是那有什么乐趣！他今天一面吃他的蛤蜊，喝他的啤酒，一面发议论：那班不结婚的男子真是笨人！真是自私自利！应该罚他们出一种税，和狗捐一般。鲁以丝可没有这样严厉的主张。他很和婉可爱的说，那些不愿意结婚的人，都是怪可怜的。要是他们有钱可以养家，也许要结婚了。法克心里微微一跳，他想，人的幸福难道是用钱计算的吗？决不，决不。但是不要管他，不久就会多找到一些事做，样样事总会很如意的。现在且开怀用那鲜美的烧斑鸠和红莓酱，和褒根地[①]的美酒。新娘看见这许多奢侈品，倒有点担心事，忍不住说他们怕不能过这样阔绰的日子。但是法克把鲁以丝的酒杯添上了酒，教他不用

① 褒根地，今译勃艮第，位于巴黎南部，著名的葡萄酒产区。

这样过虑，说道："不过这一天罢了，又不是天天如此。人生能快活时，总该快活。"

下午六点钟，一部华丽的马车，驾着两匹马，到门口候着。新婚的夫妇上了车，出去游玩。鲁以丝靠着车垫，心里很快活。他们兜过公园的时候，遇着许多熟人，都对他们点头招呼，脸上都很诧异，又有点羡慕。这班人心里大概猜想这位参事处的属员攀着一门好亲事了，他讨着了一个有钱的妻子，所以能这样阔。可怜他们只能步行。坐在马车里，靠着适意的软垫子，不消出力走路，可不是快活吗？

他们结婚的第一个月，天天过快活日子，跳舞哪，宴会哪，午餐哪，晚餐哪，看戏哪。但最妙的还是他们在自己家里过的时间。晚上从丈人家里陪着鲁以丝回来的时候，最有一种快乐的趣味。他们到家时，往往做一点半夜餐，对坐着闲谈，直到很晚的时候。

法克天天要节省费用，——理论上如此。有一天，鲁以丝熏了些鲑鱼，加上山芋，他自己吃了觉得很有滋味。但是法克不很赞成，下一次轮到吃鲑鱼的日子，他花了一个克郎买了一对斑鸠，以为价钱很便宜，高兴得很。鲁以丝不服，说他从前也买过一对，用不了一个克郎，况且吃这种肉未免太奢侈了。但是为了这小事，他也不同他丈夫计较。

过了两个月，鲁以丝病了，病得很奇怪。怕是受了凉罢，还是中了铜壶的毒？请了医生来看，医生大笑说没有病。奇怪，明明病得很利害，还说没有病。怕是壁上糊的纸上有毒气罢？法克拿了一块纸去请化学师试验，化学师报告，说纸里并没有毒质。

但是他妻子的病总不见好，法克自己翻医书，查出来了，原来是这样一回事。于是他叫鲁以丝用热水洗脚，过了一个月，病全好了。这未免太快了，他们不曾想到这么快就要做爹爹妈妈了。但是做爹妈是很快活的事！这个孩子大概是男的——一定无疑了，爹爹妈妈应该替他先想一个名字。

明天法克去看他的好朋友，是一个大律师，法克想请他在一张借据上签个名字，使他可以借一笔款子来开销那些免不了的费用。那位律师回答道："是呀，讨老婆，养孩子，是一桩很糜费的事。我到如今还干不起这件事哩。"

法克听了这话，明知话里有话，不便再开口。他空手回到家中，家里人说，有两个不曾见过的人来家里寻他。这两个人是谁呢？法克心想大概是他两个朋友，现在活宋炮台驻防营里当上校的。家里人说，不对，这两个人年纪太大了，不像是做陆军上校的人。法克想，是了，那一定是他在兀萨拉认得的那两位老朋友。现在他们听见他成了家了，故特地来看他。但是他家里人说，这两个人不是从兀萨拉来的，是京城的人，手里都拿着手杖。这可怪了，可是谁呢？——他们总会再来的。

过了一会，法克出去买东西，又带了一些红杨莓回来，不消说得，价钱很公道。他高兴得很，对他妻子说："你瞧，这么晚的时节居然一个半克洛纳买了这么多的大杨莓！"他妻子说："亲爱的，但是我们吃不起这种东西！"法克说："不要紧，我在外面弄到了一点事做。"鲁以丝说："我们欠人家的债又怎么办呢？"法克说："欠的债吗？我——我现在正同人商量借一笔大款子，借到手就可把债一齐还清了。"鲁以丝说："但是那是借债还债，可不是又借一笔新债吗？"法克说："那可顾不得了。这不过是一个救急的法子。但是我们何必谈这种扫兴的事？你瞧，这些杨莓多好！吃了杨莓之后，再喝一杯雪梨酒，可不更好吗？"

于是他们叫佣人去买一瓶雪梨酒！——不消说得，是要顶好的。

下午鲁以丝睡醒时，又提到欠债的事。他对他丈夫说："我有句话说，你不要生气。"法克说："什么话！我那里会对你生气？你要钱用吗？"鲁以丝说："杂货铺的账还没有付，肉店里的人早说过不再赊给我们了，马车行里也一定要问我们结账。"法克说："就是这几项吗？我立刻——明天——就还清他们的账，一个钱都不欠。但是我们且想别的事。你爱坐马车到公园里玩一趟吗？你不要马车？也好，我们坐电车去罢，电车路也通到公园。"

他们到了公园。出来时同到波斯宫大餐馆里吃晚餐。他们很快乐，因为餐馆里的客人背地里议论，说他们是一对情人。法克听了很得意，但是鲁以丝见了账单心里有点担忧，他觉得这一餐的钱够他们在家里吃几天了。

过了几个月，要实地预备小孩下地的事了。摇床哪，小孩子的衣服哪，……都要置办起来。

法克到处张罗，很不容易弄到钱。马车行和杂货铺早就不肯赊账了，他们说他们也有家小，也须养家。什么话！这些人只认得钱，不讲义气！

产期到了，法克不能不找一个奶妈。他一面抱着新出世的女孩，一面又要跑出房去同他的债主说好话。新起的负担重得很，他辛苦忧愁几乎病倒。好容易他找到一点译书的事，但是他时时刻刻要跑东跑西的忙着，那能干译书的事呢？

没有法子，他只好去求他丈人帮忙。老头子冷冰冰的对他说道："这一次我可以帮你一点忙，下次我再不管了。我不是有钱的人，我又不是单有你们这一对女儿女婿。"

产妇应该吃点滋补的东西，鸡哪，顶好的葡萄酒哪。还有奶妈的工钱。幸而鲁以丝不久就能起床了。这时候，鲁以丝略瘦一点，面色更白，格外好看，还像一个女孩子。

他父亲很严重的教训女婿道："以后你千万不可再有小孩子了，你不要毁了你自己。"

以后法克一家还靠着爱情和新债过了一些日子，后来真破产了。家里的家具，都有了主子。他丈人赶来，把鲁以丝和他的孩子带回去。他们上了马车，临走时，老头子叹口气说："总算我没有主意，把我的女儿借给了一个少年人，过了一年，他把女儿还给我，毁坏了！"

鲁以丝本愿意同法克守着，但是他们此时已没有过活的道路了。

法克一个人在家，眼睁睁地对着那些债主——那两个拿着手杖来寻过他的人——把家里所有的东西拿得干净——椅子，桌子，红木的床，刀，叉，盆，碟，碗，壶……

可惜人生在世不能够吃不费钱的烧斑鸠和大红莓，这真是大可耻的事！

十三、一封未寄的信[1]

[意大利] 卡德奴勿

著者Enrico Castelnuovo[2]（1830—？）是意大利一个最老的文豪。意大利的新式短篇小说要推他做一个很早的功臣。

高尼里教授是一个有名的“埃及学”大家、上议院的议员，曾得了许多的勋章，又是国内国外许多高等学会的名誉通信会员。这一天他正在指挥他的仆人潘波打开新从泊遮寄来的两箱书籍。

二十年前，高尼里教授在泊遮大学做新拉丁文教授时，搜集了许多书籍。后来他到各地旅行，研究言语学和考古学的种种问题。旅行回国

① 本篇原载1919年7月6日—7月13日《每周评论》第29、30号。

② Enrico Castelnuovo，意大利著名作家、社会活动家。生于1839年（胡适记为1830年，有误），逝于1915年。曾为意大利统一做出较大贡献。

后，曾做过弗洛仑斯[1]大学和奈泊儿[2]大学的教授。后来政府敦请他回到罗马，特为他设一个讲座，给他很高的年俸，他方才回到罗马来。当他往来迁徙的时候，他在泊遮收集的藏书都寄在泊遮一个朋友家里，钉封着，不曾开看。他到弗洛仑斯时，曾取了几箱回来，到奈泊儿时，又取了几箱回来。剩下的两箱，直等他到了罗马预备久居的时候，方才取回来。

其实这几箱书，取回不取回，于他没有什么要紧。他到一处总会收集许多书。何况现在他住在京城里，有许多公立私立的图书馆供他取用。

况且我们现在的时代是一个汽船汽车的时代，变迁快得很，今天的真理，明天也许变为谬说了；一部新出版的书往往有隔夜就变为无用的危险。

话虽如此说，但是高尼里教授十年前做的一本小册子，可不曾变老。他那本书里用许多精密的证据，证明许多人认为客儿特[3]（Celtic）语根的字其实都起源于芬兰的语根。这本书出版以来，欧洲各种文字都有译本。高尼里教授的名誉一天大似一天，后来他竟爬上“科学的埃及塔顶上”去，和乌萨拉大学里那位世界驰名的罗斯丹教授并列了……

且说这一天潘波打开书箱，高尼里教授站在旁边指点他。这时候这位教授不过四十岁，但他的外貌已很苍老，不像四十岁的人了。他的双肩有点往下垂，他的广阔的额上已有了皱纹了。他的近视眼戴上眼镜，半睁半闭的，像一只小猫的睡眼。他的头发很稀疏，已花白了。他的胡子很不整齐，是向来不曾修饰过的，如今也花白了。当他少年时，他也时时修面剃须；但是他有时剃了半边脸，还有半边没剃，忽然想起别的科学问题，就搁下了，停一会就这样走上讲堂，惹得全班的人哄堂大笑。这类的事，不止一次，他后来索性不剃面了，就听他茸茸蓬蓬的自由发展。这种“心不在焉”的笑话，是大学教授们常有的事，也不用一一细说……

---

① 弗洛仑斯，今译佛罗伦萨，位于意大利中部，意大利文艺复兴运动发源地。徐志摩曾将其译为“翡冷翠”。

② 奈泊儿，今译那不勒斯，意大利南部第一大城市。

③ 客儿特，今译凯尔特，是欧洲最古老的民族之一。

高尼里教授不爱社会的应酬，有时不能不到应酬地方，他总是远远的站着，避开妇人们，如避开蛇蝎一般；因为他见着妇人不会说话，妇人见着了这位古董学问大家也不知说什么话才好。

但是五六年前，因为挑女婿的人家多了，可嫁的丈夫真少，所以居然有几位老太太们想把高尼里教授捉去做女婿。有一天，巴陀利伯爵夫人大着胆子请这位教授到他们家晚餐。伯爵夫人的第二个小姐生得一口不整齐的牙齿，一双眯睎的眼睛，没有人肯要他。这一次他母亲看中了高尼里教授，请他晚餐，预先吩咐他女儿好生接待他，陪着他闲谈，亲手做桃浆膏请他尝新，甚至于畅谈到芬兰语根的字！总算是十分巴结了。不料高教授不肯上钩，他觉得四面有埋伏，略坐一会就逃走了，以后竟不敢上巴陀利伯爵夫人的门。直到后来那位二小姐嫁了一个咸鱼老板，他方才敢去走走。

高教授自从那一次受了一点惊骇之后，有如惊弓之鸟，格外小心，见了妇女的社会更不敢亲近了。

凡是一个男子汉，他的一生总有一页两页的情史，或是快活的，或是痛苦的，但是我们这位高教授却没有这回事。他的朋友如此说，他自己也如此说，他并不是有心撒谎。他是一个专心研究高深学问的人，眼前的事尚且不记得，我们又何必要他追想几十年前的旧事呢？

………………

这一天潘波打开书籍，捧出书来，喊道：“你瞧！这么多的灰土！你让我拿到楼下去弹扫干净了再拿上来罢。”

高尼里教授不赞成这个法子，他硬要潘波在他面前把灰土弹了，把书交给他自己摆到新办的书架上去。潘波没法，只好依他，一本一本的把书取去；打扫干净，交给他；他看了书名，一类一类的分列书架上。

满屋里都是灰土，桌上椅上衣上都是灰土，他们主仆两人不住的打喷嚏。潘波提起一本大书来，喊道：“这上面有一层蛛丝网。”原来这是一本古代的世界地图，是白尔推在哥搭翻印的版子。潘波拿起来一抖，书页里面掉下一个方方的小信封，日久了，已变了黄色。

潘波喊道："什么东西？好像一封信。"他一头说，一头放下地图，弯下身去捡那封信。高教授也瞧见那封信了，他先抢着把信拾起。果然是一封信，并且是他亲笔写的。邮票并不曾钤印，信封还是紧封着，信封上是他自己写的住址：

寄弗洛仑斯城塞维街二十五号第一层，阿达维耶（姓）媚利丽菱（名）小姐。

高教授不意之中忽然看见这个名字，使他的记忆力回想到二十年前；使他脑背后的云雾里忽然现出一个长身玉立、温柔可爱的女子来。为了他，我们这位不动心的教授曾有一次觉得这心把持不住了；为了他，这位终身不娶的学者曾细细盘算结婚的问题。后来怎样呢？……

潘波看见他主人手里拿着这书信，尽着翻来翻去的想，他忍不住问道："这封信怎么会夹在这书里面呢？"

高教授回过头来，喝道："要你多管闲事！走出去！"

潘波道："我不要理书了吗？"

"现在不要了。走开。"

"为什么变卦了？"

"没有什么。我要你时，我会按铃叫你。"

潘波咕噜着嘴走出去，心想这是一封什么信，怎么他的主人一见了就变脸了？

潘波走开之后，高教授坐下来，抖颤颤的把阿达维耶小姐不曾开过的火漆印撕开。下文是一八七五年十月十五日他在泊遮写的信：

我的好朋友：我刚才接到你父亲去世的不幸消息，我赶快写信，使你知道我对于你遭此大丧的同情。七月间我在维尼斯侥幸得同你父亲和你常常相见，那时我很知道你侍你父亲的一片孝心。

你还记得（我决不会忘记）那天早晨我们同到海边去游玩的事吗？我们先到了几处地方，后来你父亲疲倦了，到旅馆里去歇息，我和你步行到海滨上去。那天的天气非常爽快。太阳的光线被云遮住，所以你把阳伞收了，海波微微的打着岸边，浪花溅到我们走过的沙滩上……

承你告诉我你父亲的病状，你说他这病已起了多年，一年不如一年，医来医去，终归无效。你告诉我说你父亲因为爱你，所以不肯把他病中所受的苦痛使你知道。你又说你们一家本是旺族，于今只剩你们父女两人，所以家庭之间格外亲爱。父女互相怜惜，思想感情都十分融洽，那种家庭之乐，真不易得。你说到这里，心里一酸，不说了，眼眶里都是眼泪。

那时我心里有多少话要说，只是说不出。你知道我天生是羞怯的人，我很怕那些妨害我研究学问的事。但是我觉得那时候我曾使你知道我对于你的境遇心里如何难受。我对你说，无论什么时候你用得着我，我总肯听你呼唤。你伸出手来，抖颤颤的拉住我的手，低低说了一句“多谢”，就要走回去看你父亲了。

我们走回去的时候，两个人都不曾开口说话，但我们觉得你我的心灵彼此都能明白了解，不消说什么了。

过了一两天，你们就离开维尼斯了。我那时竟没有机会独自同你再谈一次。

我的朋友，现在你一生最大的悲痛来了。现在你正可以试验你的朋友的真价值。

我本想亲自来弗洛仑斯看你，可惜我此刻就要动身到伦敦去，因为东方学学者的大会本月十九日开会，我要赶去开会。会开过后，我也许离开欧洲去旅行一次。但我的行动全靠你一个人。只要你一句话，我就立刻到意大利去。无论如何，十月中我总在伦敦。我望你快快回我一信。请你念我在世界上也是一个孤零的人，况且比你受孤零的日子长得多呢。你的朋友高尼里亚狄罗。

高尼里教授把这封四页的情书，从头读了两遍，不能不回想到写信的那一天，那一点钟，那块地方。他极力追想当日何以忘记付邮；何以阿达维耶小姐始终没有一个字的回信竟不会挑起他的疑心；何以他竟不写第二封信去，问个明白。

他想起来了——

那一天早晨，讣闻寄到的时候，我们这位教授正在收拾书籍行装，预备出门远游。他尽日想着他三月前在维尼斯遇着的那个女朋友，心里盘算还是单写一封吊慰的信呢？还是吊慰之外再加上几句表示爱情的话呢？他知道这个女子不是寻常的女子，是天生给一位学者做配偶的，他不是曾做他父亲的书记吗？他难道不肯做他丈夫的书记吗？他又懂得两三国的语言，很可以帮助他丈夫，替他抄写，替他整理书籍文稿，替他校对印稿；有时他丈夫要去赴学者大会，他也许替他收拾行装，送他上火车；也许跟他同去，替他买票，照料行李和种种麻烦的琐碎事。我们这位教授想到这些地方，觉得结婚原来不算什么可怕的事，简直是一个波平浪静的海港，可以躲避风涛的危险。他主意已定。那天晚上，写了许多信，内中有一封就是给阿达维耶小姐的。信里说得那样缠绵恳切，连他自己都觉得是生平不曾有过的奇事。就是现在二十年后重读这信，他也还觉得这种不曾经惯的甜味。

他又想起那天晚上，他在他的泊遮寓宅的书房里。桌上点着一盏油灯，面前摊开一本古代的世界地图，翻开的一页正是“前六世纪以前的埃及”。那时英国哀丁堡[1]大学的马利孙教授写信来约他同去游览埃及南部梯泊斯的遗址，他正写回信说且等伦敦大会开过后再定；他随手取下这本地图来把他们所要经过的路程订定了。那天晚上，他写了许多信，忽然他

① 哀丁堡，今译爱丁堡，英国著名的文化古城、苏格兰首府。爱丁堡大学是成立于1583年的公立研究型大学，也是英国第六古老的大学。

的女房东来敲门，说马车预备好了，行李阳伞都放好了。他匆匆站起来，匆匆把桌上的地图收起放到架上去，匆匆把那几封已贴邮票的信都插在衣袋里，匆匆下楼来，匆匆上车走了。

他万想不到冤家不凑巧，刚刚把一封顶要紧的信夹在那本历史地图里。他不懂得何以当时他把那些信放进邮箱时竟不曾留心少了一封。他以为信已寄出去了，寄出之后，他还有点后悔，觉得这么一件大事，不应该就这么匆匆解决了。他为什么不仔细筹算筹算呢？他为什么轻易说出一个不能收回的字——“爱”——从此把一生的独立都牺牲了呢？如果那位小姐回信答应了，他是一个场面上人，能改口翻悔吗？如果回信不答应，他可不是白白地受一番没趣吗？

所以他到伦敦的第一星期，马利孙教授催他决定埃及的旅行，他很踌躇，很着急。每见邮差送信来，他心里就有点发抖，又不知道他心里究竟要的是什么。

过了几天，会开得正热闹，他读了两篇论文，到会的一班有名学者都很欢迎他，恭维他是科学界一个新出现的明星。他觉得会里的讨论很有趣味，于是不在眼前的那个孤苦零丁女朋友的影像渐渐的变淡了。后来他老等不着阿达维耶小姐的回信，他心里暗暗的高兴，觉得没有回信也好，他既可免了被拒绝的耻辱，又可恢复他自己的自由了。他自己总算尽了责任，很对得住他了。他亲亲切切的求婚，女的自己不睬他，这可怪不得他了。

等到十一月里，我们这位教授打着罗马西柴[①]大帝的话，说道：“Alea iaotaest”[②]（“完了！没有挽回了！”）

---

① 西柴（Caesar），今译恺撒。恺撒是罗马共和国末期杰出的军事统帅、政治家。公元前49年，率军占领罗马，集大权于一身，实行独裁统治。他是罗马帝国的奠基者，虽未称帝，却被视为罗马帝国的无冕之皇，故有“恺撒大帝”之称。

② 这句恺撒的名言，原文为古拉丁语，胡适拼写有误。正确写法是：“Alea iacta est”。英文意为“The die has been cast”（骰子已经掷出）。公元前49年1月10日，在反复权衡之后，恺撒带兵渡过卢比孔河，对庞培和元老院宣战。在渡河前，他说出了这句后来在西方被引用无数遍的千古名言，表达了自己绝不翻悔、义无反顾的决心。

他决意同了几位同伴，到埃及去游历。在埃及南部和亚比西尼亚[1]（非洲国名）住了两年，研究古代的象形字和古城遗址，时时把研究的结果作成论文，送登欧洲的领袖杂志。从意大利、从法国、从德国寄来许多杂志、日报、科学家的通信、学会选举的报告，——还有几封讨厌的信是他的洎遮女房东寄来的。但是弗洛仑斯的阿达维耶小姐一个字也不曾寄来。等到他回国时，他早已忘记这位女朋友了。虽然相隔只有两年，但这两年在高教授的学问名誉上看起来，简直可值得一百年。所以他听说三个月前阿达维耶小姐嫁了一个西西利岛的巡检，他也不放在心上。他手头的事体多着呢！又要筹算政府给他的位置那一处最适宜；又要替《哀丁堡杂志》作文论亚西里亚[2]的古迹；又要著书讲客儿特语根和芬兰语根。比起这些重大问题来，阿达维耶小姐真算不得什么，结婚的问题更是一件讨厌的事了。

只有后来弗洛仑斯大学聘他做教授的时候，他方才有点踌躇。他心想：万一那位西西利岛的巡检调任，他妻子回到弗洛仑斯，倘然见面，该怎么办呢？还是假作不认得，不睬他呢？还是当面责怪他何以那样薄情，信也不回一封呢？

他仔细一打听，原来阿达维耶小姐嫁作巡检夫人不上十个月就害伤寒疟症，死了！

死了！高教授听见这个消息，心里很难过。这么年轻的一位好女子，就死了！如果他当初真和他结了婚，这时候可不要更伤心悲恸吗？幸喜当初阿达维耶小姐不曾回他的信！幸喜不曾尝过结婚的生活！尝过结婚生活的人，一旦死了妻子，更难过日子了。

他这么一转念，也不悲痛他那死去的女朋友了。从此以后，日子久了，事业繁了，往事都化作烟云走了，连阿达维耶·媚利丽菱的名字都忘

---

① 亚比西尼亚，今译埃塞俄比亚，位于非洲东北部，曾两次沦为意大利殖民地。

② 两河流域的北部地区叫亚西里亚，又称亚述。该地区曾建立过强盛的奴隶制国家亚述帝国。

记了。

……

万不料二十年后，这本古代地图的书页里忽然掉下这封不曾寄去的情书，我们这位教授，中年的人，被学问变老了，一生只晓得为我的生活，——到了此刻，手里拿着这封小小的黄色信封，眼前好像看见阿达维耶小姐二十年前的面貌，眼睁睁地对他望着，好像听见他说道："你这个负心人！当初我在患难之中，你为什么连一个字都不写给我？就是泛泛的朋友也可怜我。你不是曾使我相信你有心爱我吗？你为什么一毫都不感动呢？我不是曾写信给你吗？唉！你们这班男子真靠不住！"

他如今含恨死了，高教授有冤无处诉，有话无处说，有理无处可辩。

高教授手拿这信，心里又想他一生只有过一点爱情，只有过一段情史，只有过一回诗意，——就这一点也不曾开花结果。如今晚了！再也不会有这种事了！他的心头再也不会为一个妇人狂跳了！他的笔下，再也写不出这样一封婉转殷勤的情书了！

他又转念问他自己道：如果这封信寄去，到了那边，阿达维耶小姐回信来说："我懂得你的意思，我答应了，我爱你，愿意做你的人。你来罢。"那时他自然不去埃及旅行，自然不去研究那些古代象形字和那些古城遗迹了。也许他不久就生下儿女了。也许他家累重了，他的名誉未必能长得这么快。他的一切荣誉，一切勋章，未必会到他身上来。也许他竟没有机会做他的芬兰语根的大发明。那"科学的埃及塔顶上"和那位世界有名的罗斯丹教授并立的，也许不是高尼里，也许是别人。这样想来，这封信当日不曾寄去，真要算一件大侥幸的事。

但是——但是——高教授的心里总觉得有一种饿馋馋的怀疑再三排解不开："牺牲了一点光荣去换一点爱情，难道不更好吗？"

他想把这封信撕破了，但他没有这点勇气，只好把他放在书桌抽屉里。他叫潘波进来，接着搬出书箱里的书籍。

到了晚上，他忍不住又把那封二十年前的信拿出来从头读一遍。以后他差不多没有一天不把这封信拿出来读了又读。读完了，他往往望着那变黄了的信封，望着那不曾钤印的邮票，低低的自言自语道：“倘使这封信寄出去了……”

十四、他的情人[①]

[俄国] Maxim Gorky[②] 原著

"Maxim Gorky"乃是一个假名字。他的真姓名是"Aleksyey Maximovitch Pyeshkov[③]"。他生于一八六八年，现在还活着。他所著作的小说很多。

当我在莫斯科做学生的时候，我住的屋里，有一个很不名誉的妇人也

① 本篇原载1919年11月15日《太平洋》第二卷第1号，标题后附有英文"Her Lover"。需要特别说明的是，中国在近代以前，尚无区分男女第三人称的用字，"他"字兼称男性、女性以及所有人以外事物的第三人称。但在与西方语言接触后，发现汉字中缺少表示女性第三人称的用字。1878年，首次明确了将She、Her译为"伊"。新文化运动时期，《新青年》的编辑们开始讨论"She"的对译问题。刘半农最早提出创造一个"她"字的建议，但胡适公开表示不赞成。从1918年到1924年，就是否使用"她"作为女性第三人称的用字，新文化阵营分为两派，论争不断。胡适因为一直反对用"她"字，所以在他于1924年前翻译的作品中，凡涉及女性第三人称时，仍然使用"他"字指代。

② Maxim Gorky，马克西姆·高尔基（1868—1936），苏联著名作家，社会主义现实主义文学奠基人。马克西姆·高尔基这个笔名，意为最大的痛苦。

③ 高尔基原名阿列克谢·马克西莫维奇·彼什科夫。此处胡适将高尔基的真名拼错了，正确的应是"Aleksey Maximovich Peshkov"。

住在那里。这妇人是一个波兰人，人家叫他做铁利沙。他身体高大，皮肤带糙黑色，眉毛又浓又粗，面貌也很粗鄙，好像当初是用斧头砍成的，不曾经过雕饰的功夫。他那一双兽性的眼光，那种粗重的喉音，那种马夫式的脚步，那种渔婆式的蛮劲——这几项，没有一项不使我见了害怕的。我住在最高的一层，他的房间就在我对面。他在家的时候，我总把房门关上。幸而他在家的时候很少。有时候，我在楼梯上或在院子里遇着他，他总对我微笑，笑容里带着一种不信世上有好人的神气。有时候，我遇着他喝醉了回来，矇眬着眼睛，蓬松着头发，脸上露出一种格外讨厌的笑容。在这种时候，他往往开口和我说话。他的"先生，你好吗！"和他的蠢笑，使我更厌恶他。

我本想搬走了，免得这种无谓的招呼。但是我租的那间卧室，可以望得很远，下面又不当街道，很清静的，所以我舍不得搬开，只好忍耐着。

有一天早晨，我靠在睡榻上，心里盘算今天不去上课应该用什么话去告假，忽然房门开了，铁利沙的粗重声音在门口说道："先生，你身体好！"

我说道："你要什么？"我说时，只见他的脸上很有点为难，带着恳求的神气。这种神气，在他的脸上，平常是没有的。

他说："先生！我想求你做点事。你肯允许我吗？"

我不答应，心里想道："什么东西！……好孩子，不要怕！"

他说："我想写一封信回家，就是这一点事。"他说时，声气很缓和，很小心。

我心里想："你滚罢！"但是我已跳起来，坐在桌边，拿了一张信纸，说道："到这边来，坐下，你说罢。"

他进来坐在一张椅子上，对我望着，脸上有羞愧的样子。

我说："这封信写给谁呢？"

他说："写给波尔士高虚朴，住在华骚路上的瑞奢那城。"

我说："你说下去罢！"

他说："我的波尔士，……我的宝贝，……我的忠心的情人。愿圣母保护你！你这个金子做的心肝，你为什么这样长久不曾写信给你的可怜的小鸽子铁利沙？”

我写到这里，几乎忍不住大笑起来。好一只“可怜的小鸽子！”五尺多高，两只拳头每只至少有十几斤重，还加上一张糙黑的脸儿，好像这只小鸽子终身住在烟囱里，永不曾洗过浴！我好容易忍住笑，问道：“这个波尔士特是谁？”

他听我把“波尔士”读作“波尔士特”了，有点不高兴，说道：“先生，他的名字是波尔士。他是我的少年情人。”

我说：“少年情人？”

他说：“先生，你为什么这样大惊小怪的？难道我做女孩子的不可以有一个少年情人吗？”

他还自称是女孩子！哼！

我只好说道：“是呀，为什么不可以？世界上什么事没有？他做了你的少年情人有几年了？”

“六年了。”

“呵！——哦！……你说罢，我替你写下去。”

这封信的内容，我也不发表了，简单一句话，这封信真是一篇甜蜜蜜的情书。如果写信的人不是这位又高又黑的铁利沙，我真愿意做那个波尔士了！

写完了信，他恭恭敬敬的谢了我。他说：“也许我能替你做点事吗？”

我说：“不敢当，但是你的好意我很感激。”

他说：“先生，你的衫子，裤子，也许要缝补吗？”

我当时觉得这个穿女衫的怪兽真有点讨厌，我也有点生气，就老老实实的回绝他，说我用不着他做什么事。他就走了。

过了一两个礼拜。一天晚上，我坐在窗边，嘴里打忽哨，心里想寻一条消遣的方法。那一天我觉得厌倦了，外面天气又不好，我不愿出门去，只好自己寻思，自己分析自己的思想。正想的时候，房门开了，有人走进来。

“先生，我盼望你今晚没有要紧事要办罢？”——原来是铁利沙的声音，哼！

我说：“事却没有什么。你要什么？”

他说：“我想请你再替我写一封信。”

我正没有事做，便说：“可以。又是写给波尔士吗？”

他说：“不是的。这回是他写回来的信。”

我听了不懂，问道：“什——什么？”

他连忙改口道：“我说错了。这封信不是我托你写的。这是我一个朋友——一个男朋友托写的。他有一个女相好，和我铁利沙一般样子。就是这么一回事。你肯替他写一封信给他的铁利沙吗？”

我仔细对他一望，见他脸色迟疑，他的手指发颤。我起初不懂得，——仔细一想，我猜着了。我便对他说：“大姑娘，我明白了。本来没有什么波尔士，也没有什么旁的铁利沙，都是你一个人在我这里说鬼话。不要再来胡缠了，我不愿意和你往来。你懂得吗？”

忽然他脸上变色，他双脚移动，但身子不动，满嘴都是口涎，好像要说话又说不出的样子。我静候他说什么；但是那时我看他那副神情，心里明白我不该疑心他有意借写信为名来引诱我，我晓得这种疑心是大错了。大概这里面别有原故。

他开口说：“先生……”刚说了这一个字，他忽然把手一挥，回转身来，跑回房去。我心里很有点不安。我留心细听。只听得，砰的一声，他把房门关了，——我知道这妇人生气得很。我仔细一想，决意去请他回来，他要什么，我就替他写什么。

我走进他的卧房，四面一看，只见他坐在桌边，双手蒙着头。

我说：“你听我说。”

他跳起来，眼光灼灼的走到我面前，把两只手搁在我的肩膊上。他那粗重的声音，低低说：“你看，是这么一回事。也没有波尔士，也没有铁利沙，但是他们有没有，关你什么事？你拿起笔来在纸上写几行字，算什么难事？你！你还是一个好看的小孩子咧！也没有波尔士，也没有铁利沙，只有一个我。现在你知道了，于你有什么好处？”

我被他这一来，倒怔住了。我说：“对不住，我还不明白究竟是怎么一回事。你说波尔士这个人是没有的？”

“是。没有这个人。”

“你说铁利沙也是没有的？”

“也没有铁利沙。我就是铁利沙。”

我更糊涂了。我眼睁睁地望着他，心想究竟是他疯了，还是我疯了？他忽然回转身，到桌边翻出一件东西，回来恨恨的对我说道：“请你写一封信既然是那样烦难的事，你瞧，你的原信在此，你拿了回去罢。你不写，别人会替我写。”

我见他手里果然是我写给波尔士的原信。我便说道：“铁利沙，究竟你是什么意思？我替你写了，你不寄出去，又何必一定要请别人再写呢？”

他说：“寄出去？寄到那里去？”

我说：“寄给这位波尔士去。”

他说：“本来没有这个人。”

我可真不懂了。我只好呸了一声，回转身就走。他又留住我，解说给我听。他说：“我告诉你，本来没有波尔士这个人。但是我心里愿意世上真有这个人。……我难道不是和别人一样的人吗？是的，是的，我知道，我知道，……但是我写信给他，于人有什么害处？”

我插口说道：“且慢……你说写信给谁？”

他说：“自然是给波尔士。”

我说：“但是你说并没有这个人。”

他说：“唉！唉！但是有没有这个人，也不要紧。他不在世上，但是世上也许有这个人。我写信给他，就像世上真有了他。要是他回信给我，我便再写信给他，……”

我现在真明白了，我低头一想，心里非常难过，非常惭愧。原来离我不到一丈远，住的是一个“人”——一个有心肝有爱情的“人”——他在世上，没有朋友待他好，没有人用爱情待他，他只得自己心里造出一个朋友——一个情人来！

他接着说：“你替我写了一封信给波尔士，我拿去请人念给我听。我听人念这信，心里觉得波尔士真在那里。我又请你替波尔士写封信给铁利沙，——就是我。我拿去请人念给我听，我听了更觉得波尔士这个人真在那里和我说话了。这样下去，我在世上的苦生活便好过一点了。”

我听了这话，心里想着：“谁说你是一个蠢货！”

从此以后，每礼拜两次，我替他写一封信给波尔士，一封信替波尔士回铁利沙。去信是用他自己的话，回信都是我自己用心揣摩写的情书。……铁利沙听我念信时，哭得泪人儿似的。因为我肯替那虚想的波尔士写许多真正的情书使他听了下泪，所以他常常把我的破袜、破裤、破衫子，拿去缝补。

过了三个多月，不知为了什么事，他们把铁利沙捉去关在监狱里。这个时候，他大概早已死了……

十五、米　格　儿[①]

[美国] 哈特

哈特（Francis Bret Hart），一八三九年[②]生于纽约省的省会。他的父亲在本城大学教授希腊文，死的很早。死后家很贫，他只受了初等教育，十七岁时，跟他母亲迁往西方，到了加里福利省。他在西美做过矿工，印刷工，信差，教员，报馆主笔。他编辑The Californian报时，发表了一些“缩本小说”，很受人欢迎。一八六八年，他创刊Overland Monthly，为太平洋海岸最早的重要文学杂志，他做了几年的编辑，发表了许多短篇小说和诗歌，不但引起了东美人士的注意，还引起了欧洲文学界的注意。

哈特是短篇小说的一个大师。他的小说描写西美开拓时代的生活，富于诙谐的风趣，充满着深刻的悲哀，又长于描写人的性格，遂开短篇小说的一个新风气，影响后来作者很深。

从一八六七年到一八九八年，三十年之中，他的作品出版了四十四册。他在加省大学做了一年教授，回到纽约，住了八年；出去到德国、英国做了几年领事。一八八五年以后，他住在英国

---

① 本篇译于1928年12月11日。原载1928年《新月》第一卷第10号。

② 此处胡适有误。布勒特·哈特生于1836年。

伦敦，专心做文学事业。一九〇二年，死在英国。（节译《大英百科全书》的小传。）

此篇原题为Miggles，是哈特最著名的小说的一篇。

十七，八，二二

我们车上连驾车的共是八个人。最后这六里路，路太坏了，车子震动的厉害，把法官先生的博雅的谈锋打断了，所以我们都没有说话。法官先生身边坐的那位高架子早睡着了，一只手腕穿在车上的皮带里，脑袋枕着手腕，软绵绵的一堆，活像上吊的人解下来太晚了的样子。后面座位上那位法国女太太也睡着了，却还是一派半知觉的规矩态度：手里捏着一块手绢，遮着半边脸儿。那位勿金尼亚[①]城的女太太——同他丈夫一块儿旅行的——缩在那一大堆发带，面幂，皮围领，肩衣的里面，早已认不分明了。

车厢里什么声息都没有，只听见车顶上的大雨和车轮嘎嘎的声响。忽然车子停住了。我们约略听见外面说话的声音。分明是赶车的正在同路上的一个人说话，话虽听不清楚，风雨里刮进来的“桥冲掉了”，“两丈深的水”，“走不过”，还可以听得出。

一会儿，话听不清了，忽又听见路上的人大声说：“试试米格儿家罢。”

车行的时候，我们瞥见大雨里一个骑马的人冲雨而去，那就是指引我们的路的人。我们的车大概是赶向米格儿家去。

米格儿是谁呢？在那儿呢？

我们一群人自然都望着法官先生，可是法官先生虽然熟悉这一带的情形，却不记得这个名字。那位洼夏旅行家猜说米格儿大概是开旅馆的。我们只知道前后都涨了大水，只有米格儿家是我们避雨之处。

车子在一条岔路上走了十分钟，路窄几乎容不下公共马车，好容易到

① 勿金尼亚，今译弗吉尼亚，位于美国东部大西洋沿岸。

了一个人家门口，两边是石头堆成八尺高的墙垣，中间是木板钉横木的门。这分明是米格儿家了，又分明米格儿家不是开旅馆的了。

赶车的余八跳下去推门，门却锁的很牢。余八喊道：

“米格儿！米格儿！”

没有人答应。余八生气了，又喊：

“米——格儿！你这米格儿！”

公共马车上的转运公司伙计也帮着喊道：

“呵，米格！米吉！”

米格儿总没有回声。法官先生把车窗打开了，伸出头来唠唠叨叨地问了许多话，余八不理他，只回答道：

“要是我们不想坐在车厢里过夜，大家还得高抬贵体，下来帮着把米格儿喊出来罢。”

于是我们都站起来，齐声喊着“米格儿”，又一个一个陆续喊着。喊声刚完，我们车顶上的爱尔兰朋友也喊道：“梅该儿！”我们听了他的土腔都忍不住大笑。

我们正在大笑，赶车的余八忽然喊道：

“吁！”

我们听时，原来墙的那边有人学我们的喊声，把我们喊的“米格儿”，连那位爱尔兰朋友的“梅该儿”，都喊回来了。我们都很奇怪。

法官先生说：“异常可怪的返响。”

余八骂道：“异常可怪的混帐！”他接着喊道：“米格儿出来罢。大大方方地做个人，米格儿，不要躲在暗地里。”这时候余八已气的直跳了。

墙那边的回答仍旧是“米格儿！”“呵，米格儿！”

法官先生文绉绉地说：“我的好人，米该儿先生，请你想想，这样淋漓的大雨里，还有女太太们，你若闭门不纳，岂非太没有地主之谊了？真的，先生呵，……”墙那边一阵子“米格儿”“米格儿”打断了法官先生的演说。

余八忍不住了，他在路边拾起一块大石头，把板门捶倒，带了转运公司的伙计直走进去。我们都跟着进去。

里面一个人也不见。天色渐黑下来了，一些矮蔷薇的叶子上的雨水溅到我们身上，我们知道我们站的地方是一个花园，面前是一所长长的板屋。

法官先生问余八道："你认得这位米格儿吗？"

余八忿忿地说："不认得，谁爱认得他！"余八觉得这个顽梗的米格儿胆敢这样蔑视"殖边公共马车公司"的车夫，殊属可恶之至。

法官先生想到捶倒不相识人家的门，觉得不妥，正要说："可是，余八，你……"

余八挖苦他道："法官先生，您老人家最好还是请回到车厢里坐下，等人家来正式介绍您罢？我可要撞进去了。"他推开了板屋的门，后面跟着转运公司的伙计，走进去了。

我们都跟着挤进去。

里面一间长长的房间，房的尽头有个壁炉，柴火快灭了；这间大房里只有这点点火光照着。墙上糊着怪样的纸，闪闪的炉火光使墙纸的花样更觉刺目。炉边一只有扶手的椅子上坐着一个人。

余八喊道："喂，你就是米格儿吗？"

那人不回话，身子也不动。余八气忿忿地走上去，拿车上的手灯向他脸上一照。那人是一个男人，年纪像不大，脸上很有皱纹，显出早衰的样子；瞪着很大的眼睛，眼光里露出那种绝无所为的凝静，绝像我见过的猫头鹰的眼光一样。那双大眼睛慢慢地从余八的脸上移到灯口上，瞪住那光亮的东西，好像不认得那是什么似的。

余八勉强忍气，对他说："米格儿，你耳朵聋了吗？你总不会是哑巴罢？"他走上去扳住那人的肩头，用力一摇。

我们只见余八一放手，那人分明瘪下去了，身子缩小了一半，剩了一大堆臃肿的衣服。我们都吓了一跳。

余八倒没了主意，口里说："糟啦，怎么回事！"眼睛望着我们，退了下来。

法官先生走向前，我们帮他把那位没有脊梁的怪物扶起来，恢复他原来的样子。我们叫余八拿灯去探看外边，因为这里既有这个残废的人，附近总不会没有看护的人。

我们围拢在炉火边。法官先生如今恢复了他的气派，——他站在我们面前，背向着壁炉，——把我们当作一班想象中的陪审员，他开始训话了：

"据我看来，我们这位朋友或者是已经到了莎士比亚所谓'叶枯而黄'的景况，或者是他的心理上同生理上害了早衰的病症，不论他是不是那米格儿，……"

他说到这里，又被一阵子"米格儿！""呵，米格儿！""米格来！""米吉！"打断了。这种喊声简直同我们在墙外听见的是一样的。

我们彼此相望，都不免有点惊讶。法官先生觉得那声音好像正从他的肩头上发出来，他也吓的连忙退位。但一会儿我们就发现那声音的来源了，原来壁炉上方的架上站着一只喜鹊。现在他完全静默了，绝不像刚才那贫嘴的样子。但我们路上听见的喊声一定也是他的学舌，和椅子上那位朋友毫不相干。

这时候，余八回到屋里来了，外面人影也没有一个，他不信喜鹊会开他的玩笑，所以他还觑着椅子上的人，满怀着疑心。他寻得了一间空舍，把马安放停当了，走进来时，一身淋的透湿，满脸的不相信。他说："这屋子周围十里之内没有一个人，只有他这个浑小子，他自己也知道。"

但我们多数人的意见是不错的。余八的气话还没有说完，我们就听见门口有很快的脚步声响，还夹着湿裙子拖在门阶上的声音。门开了，一个年轻女子走进来——雪白的牙齿，晶莹的眼睛，绝无拘束而又绝无狐疑的神气——她随手关上门，喘着气，靠在门上，开口说：

"哦，对不住，我是米格儿！"

原来这是米格儿——这个晶莹妙目，响亮喉咙的少年女人，她的蓝粗布的湿衣服遮不住她身上的曲线美，从她头顶上漆皮男雨帽罩着的栗色头发，到她脚下男式粗靴遮着的脚和踝骨，样样都是优美的风标——这是米格儿。

她对我们笑，轻盈地，爽快地笑。喘息还不曾定，一只手叉着腰，全不管我们一队人一时无话可答的窘状，全不管余八这时候完全被征服了的丑态——她侃侃地说：

“孩子们，你们经过大路的时候，我离这儿足足有两里多路。我猜着你们也许到这儿来歇脚，所以我直跑回来，我知道家里没有人，只有吉梅，——那，——那，——我气还喘不过来，——那可不糟了。”

米格儿说到这里，摘下那顶雨淋淋的漆皮帽子，一个回旋，洒了我们一阵雨点子；她伸手去摸头发，掉下了两支发针；她嫣然一笑，坐在余八的旁边，两只手交叉在衣裾上。

法官先生第一个回复原状，他正要开口说一番大大的恭维的话。她只正色说道：“对不起，哪一位给我拾起那支头发针。”五六只手都伸下去，发针捡起了，还给他的美丽主人。

米格儿走过去，深深地看着那病人的脸。那病人的凝静的眼睛也望着她，眼里忽然露出一种我们不曾见过的神气，就像生命和知识都挣扎着要回到那皱纹的脸上似的。米格儿又一笑——一种可以替代无限语言的一笑——仍回过她的乌黑眼睛和雪白牙齿来对着我们。

法官先生吞吞吐吐地说：“这位有病的先生是……”

米格儿说：“是吉梅。”

“是你的父亲？”

“不是。”

“是你的哥哥？”

“不是。”

“是你的丈夫？”

米格儿向那两位女客（我们男性对于米格儿的倾倒，她们两位是不参加的）看了一眼——很敏锐而微带挑衅的一眼——她正色说：“不是，是吉梅。”

这时候，大家都觉得很窘，谁也不说话。那两位女客彼此更移近了。那位注夏丈夫把眼直瞪着炉火。那位高架子闭着眼睛，好像向肚子里求救兵。

但是米格儿又笑了，她的笑是会传染的，遂打破了大家的沉默。她说："来罢，你们总都饿了，谁帮我料理茶点去？"

她的助手可不少。不到一会儿，余八在那儿搬柴了；转运公司的伙计在廊沿上磨咖啡了；我也得了切腌肉片的苦差使。法官先生往来巡阅，到每人跟前，总有他的话说。等到米格儿同她的两个助手——法官先生和那位爱尔兰朋友把屋子里所有的瓷器陶器铺好桌子，我们都很高兴了——也不管窗子上的雨声，也不管烟囱里卷下来的冷风，也不管屋子那一头两位女太太唧唧哝哝的低语，也不管高架上那只喜鹊的几声怪叫——大概是微婉地评论她们的谈话。炉火兴旺起来了，火光里我们才看出墙上糊的都是有图画的报纸，在布置上显出女性的嗜好和性情。屋里的家具都是随时用现成材料变成的；蜡烛箱和运货箱蒙上了鲜艳颜色的印花布或野兽皮，便都成了家具。吉梅坐的安乐椅便是一只面粉筒改造成的。屋子里虽然朴素，却清楚整洁，还带一点画意。

这一餐饭，在滋味上固然是大成功，在社交上尤是大胜利。这不能不归功于米格儿领导谈话的过人本领。她会问话，问时的态度非常坦白，使人不好隐藏遮饰。于是我们大谈我们自己，谈我们的志望，谈我们路上的事，谈天气——什么都谈，只不谈我们的主人和女主人。

米格儿的谈话是不文雅的，往往不免文法上的错误，有时她还用几个发咒的字，平常是只许我们男人用的。但她说话时，牙齿一露，眼光一闪，说完总带一笑——米格儿的特别一笑——又坦白，又诚恳，自然使人心里爽快。

吃饭的时候，我们忽然听见一种声音，像是一个笨重的身体在外面墙上摩擦的声音，接着又听见门上有爪爬和鼻嗅的声响。我们都望着米格儿，她说："这是家坤。你们愿见见他吗？"我们还没有回话，她已开了门。原来是一只半大的灰熊①。他见了米格儿，便蹲在地上，身子挺直，两只前脚向下垂，做出讨饭的样子。他的眼睛直望着米格儿，显出崇拜敬爱的神气，活像我们的余八。

米格儿说："这是我的看家狗。"她见那两位女太太吓的直躲到屋子的角上，又说道："他不吃人的。"她拍拍那熊说："可不是？好家坤，你不吃人，可不是？"她把家坤喂饱了，赶他出去，把门关上，才对我们说："你们的运气可真不小。你们今晚到这儿来的时候，幸亏家坤不在这儿。"

法官先生问："那时他往那儿去了？"

米格儿说："他跟着我咧，上帝保佑他；他每晚上跟着我走，就好像他是一个男人似的。"

我们半晌说不出话，只静听着门外的风声。大概人人心里都想着同样的一幅图画：一个米格儿冒雨在树林里走，身边跟着那可怕的同伴。法官先生引古诗里的禹娜同她的狮子②的故事来赞美米格儿，但她听了这种恭维的话，同她听见别的赞语一样，也只是淡淡地受了。我不知道她是否真不觉得我们对她的倾倒——她总不会看不出余八对她那样热诚的崇拜罢——但是她那种坦白的神情表示出一种绝对的男女平等，使我们一队里的几个少年人实在感觉惭愧。

只有那两位女太太对米格儿仍旧很冷淡，那只熊的一回事也不曾增添她们对米格儿的好感。晚餐吃完之后，余八搬进来的松树枝，尽堆在炉子里，总敌不住这两位女客放出来的冷气。米格儿也觉得了，她忽然说："大家都该歇息了。"站起来引导两位女客到隔壁房里去睡。她说："你们几位只好在这炉火边将就过一夜罢，我这里只有那一间房。"

我们男人向来是不喜探听或议论人家私事的。然而我不能不承认，这

---

① 灰熊（Grizzly bear）是北美洲西部的一种有力的大熊，故学名为Ursus horribilis，意为可怕的熊。——胡适原注

② 禹娜（Una）的故事见于英国诗人史本叟（Spenser）的《仙女王》（The Faerie Queene）。——胡适原注

一回，米格儿一走出去，刚关上门，我们立刻挤拢在一堆，有低声谈论的，有暗笑的，有冷笑的，大家纷纷猜度这位漂亮的女主人和她的怪同伴究竟是怎么一回事。甚至于有人走上去摸摸那风瘫的吉梅，他坐在那儿就像一个沉默的石像，漠然不动地瞪着我们的纷纷议论。

我们正在乱烘烘地谈论，忽然房门又开了，米格儿回到这房里来。

她分明换了一个人了，全不像刚才那样闪灼逼人的米格儿了。她的眼睛望着地下，手里拿着一条毯子，在门槛上踌躇不进，刚才我们最倾倒的那种豪爽的英气好像全丢在房门外了。她慢慢走进房来，拖过一条矮凳子放在病人的椅子边，坐在凳上，把毯子披在背上。她说："孩子们，要是你们不见怪，今儿太挤了，我就在这边过夜罢。"她说时，拉过病人的手，放在她手里，眼望着炉火。我们都觉得这不过是警告我们他们俩的亲密关系，并且我们觉得刚才不该背地里议论，所以我们都不好意思说什么。

外面大雨打在屋顶上，有时一阵狂风从烟囱里卷下来，使炉子里的残火忽然光亮。过了一会，风雨似平静了一点，米格儿忽然抬起头来，把头发拂在一边肩上，回转头来向我们道："你们当中有认得我的吗？"

我们没有人答应。她又说："你们想想看。一八五三年我住在马利镇。镇上人人认得我，人人可以随便认得我。我那时开宝家酒店，直到六年前才和吉梅来这儿住。也许我的样子变了一点了。"

因为大家都不认得她，她倒有点踌躇了。她仍回过头去望着炉火。停了几秒钟，她才继续说下去，这回说的更快了：

"我以为你们总有人认得我的。没人认得我，那倒也不相干。我要说的是：这儿的吉梅……"——她说时，双手执着吉梅的手——"吉梅那时认得我，在我身上花了许多钱。我算算他的钱大概全花在我身上了。忽然有一天——六年前的冬天——吉梅来到我的房里，坐在我的沙发椅上，就像你们现在看见他坐在那椅子上的样子，一坐下来就永远不能动了。他瘫成了一堆肉，自己全不知道怎么一回事。医生来了，都说他的病根深了——因为吉梅平日过的是很野的生活——医不好了，并且活不长了。

医生都劝我把他送到金山交给医院，因为他已成了废人，活着也不过是一个累人的孩子。我当时也许是为了吉梅的眼睛像是对我说什么话，也许是为了我自己不曾有过小孩子——我只对他们说：‘不。’那时候，我手头有钱，因为人人都喜欢我——上等人像你们这样的，也都来看我——我把我的酒店卖了，买了这块地方，因为我喜欢这地方不当大道，没有行客往来，我把我这孩子带了来。”

女人自有她天生的机警和诗意。她一面说，一面慢慢地移动她的身子，让那残废的吉梅留在她和我们的中间，她自己退到那病人的影子里，好像她有意要让这默默的残影来解释她的一番作为。虽然一声不响，虽然脸上毫无表现，然而他可以替她说话；微弱的残影，被神灵的雷震压倒了的残影，然而他还伸出一只无形的臂来抱住她。

站在暗处，仍旧执着他的手，米格儿继续说下去：

“我初来时，许久许久，还过不惯这儿的生活，因为我从前有的是朋友，享受的是快乐。我寻不到女人来帮我，男人我又不敢雇用。但我常常寻着附近的红土人做点杂事；粮食等等又可以从北岔镇上运来，吉梅和我也就居然勉强过得下去。萨克拉门杜的医生有时候来这儿走一趟，他来时总要看看‘米格儿的孩子’。他临走时，往往对我说：‘米格儿，你真是个好汉，——上帝保佑你！’我听了心里高兴，便觉得不怎样孤凄了。可是上一次医生来，临走出门时，他回头对我说：‘米格儿，你知道吗？你的孩子快要长成一个大人了，并且可以光耀他的母亲；可惜不在这个世界，米格儿，可惜不在这个世界！’我记得他走出去时，脸上很凄惨，以后——以后……”说到这里，米格儿的声音和她的头都完全沉没在那黑影子里了。

停了一会，她又抬起头来，说道：“这儿附近的人待我总算很好。起先北岔镇上的男人常常来这儿鬼混，因为我总不理他们，他们也就不来了。镇上的女人更好心了——她们从不上这儿来。初来时我很觉得寂寞，后来我在那边树林里拾着那只小熊——家坤——那时他还小咧，我教他每天问我讨饭吃；还有百俐——那就是这喜鹊儿——他学会的把戏多着咧，晚上听听他的说话倒也很热闹，所以我倒不觉得这儿只有我一个人了。至于吉梅……”她又笑了，站到火光亮处来：“吉梅，孩子们，你们不要小看了我这孩子，他懂的事情多咧，有时候我给他捎些花回来，他直望着，好像全都认得。有时候，他坐在那里，我把墙上糊的画报读给他听，呵呵！这一冬天我把这一边墙上的东西全读给他听了。他才爱读书咧。”

法官先生问道：“你这样忠心待他，为什么不嫁了他呢？”

米格儿说：“吉梅病到这样子，我若乘他不能回绝我的时候同他结了婚，我觉得总有点对不住他。还有呢，我现在这样服侍他，是我高兴这样做的；要是我们做了夫妻，就像我不得不这样做了。”

法官先生说：“但是你还年轻，又有这样美貌。”

米格儿正色说道：“夜深了，你们都该睡了。孩子们，晚安。”她把毯子往头上一披，躺在吉梅的椅边，她的头枕着吉梅搁脚的小凳子，就不再说话了。

炉火渐渐淡下去，我们各人悄悄地寻自己的毯子；不到一会工夫，屋子里声息全无了，只有屋顶上滴滴的雨声和睡着的人的鼾声。

我做了一个噩梦，醒来时，快天明了。风雨已过去了，天上星出来了，团圞的明月从墙外松林顶上直照到窗里来。月光含着无限的慈祥，照着椅子上那孤寂的人；米格儿的头发（如古时那个绝美的故事[①]上说的）浸洗着她心爱的人的脚，那似水的月光浸洗着她的头。余八睡在他们俩和我们的中间，一只臂膊斜撑着头，眼睁睁地看守着他们。在这纯洁的明月光里，连那粗鲁的余八身影都好像充满着诗意了。

一会儿我又睡着了。醒来时太阳已出来，余八站在我面前；“大家起身”的喊声还仿佛在我的耳朵里。

桌上摆着咖啡等我们，可是米格儿一早已走了，我们在屋子的四周寻她，马都驾好了，我们还不肯就走，但她还不回来。分明她不愿和我们正

---

① 头发洗脚的故事，似是《路加福音》第七章36节娼女“眼泪湿了耶稣脚，就用自己的头发擦干”的故事。——胡适原注

式告别，所以让我们自由而来的仍旧自由而去。我们把两位女太太扶上了马车，回到屋里，很肃静地同那风瘫的吉梅握手告别，每人握一手后，都很肃静地扶他坐好。然后，我们对这间长长的房子望了最后的一眼，看了米格儿坐的那只小凳子，方才一个一个上车坐下。鞭子一挥，我们走了。

我们刚走上了大路，余八的敏捷手腕忽然一拉，六匹马齐齐跪下，车子一震，立刻停了。因为路边一座小墩上站着米格儿，她的头发在风里飘着，她的眼睛放着晶莹的光，手里扬着白手巾，她的雪白牙齿里送出一声最后的“再会了”。我们都扬着帽子答谢。余八——好像他恐怕又入魔了——余八用猛劲打上一鞭，车向前进，我们都跌回各人的座上。

一直到北岔镇，我们在路上没有谈一句话。车停在独立旅馆的门口。我们下了车，法官先生在前引导，我们跟着，走进酒排间，肃静地站在柜台前。

法官先生恭恭敬敬地脱下他的白帽子，开口说道：“诸位先生，你们的杯子里都有酒吗？”

都有了。

“那么，大家一齐，我们祝米格儿的康健，上帝降福与她！”

也许上帝早已降福与她了。谁知道呢？

一七，十二，十一，初译

十六、扑克坦赶出的人[1]

[美国] 哈特

本篇也是哈特的小说中最著名的一篇，原题为The OutCasts of Poker Flat。我们徽州山里的乡村常有叫做什么“坦”的，坦字正合Flat的意义，故我译Poker Flat为扑克坦。

我上次译了哈特的小说《米格儿》，苏雪林女士在《生活》周刊上曾作文介绍，说我们应该多翻译这一类健全的，鼓舞人生向上的文学作品。苏女士这个意思我完全赞同。所以我这回译这一篇我生平最爱读的小说。

此篇写一个赌鬼和两个娼妓的死。他们在绝大危险之中，明知死在眼前，只为了爱护两个少年男女，不愿意在两个小孩子面前做一点叫他们看不起的事，所以都各自努力做人，努力向上。十天的生死关头，居然使他们三个堕落的人都脱胎换骨，从容慷慨而死。三个人之中，一个下流的女人，竟自己绝食七天而死，留下七天的粮食来给那十五岁小姑娘活命。

他们都是不信宗教的人，然而他们的死法都能使读者感叹起

① 本篇原载1930年10月10日《新月》第二卷第8号。

敬。显克微支[①]的名著《你往何处去》（Quo Vadis？）里那位不信基督教的罗马名士佴东对一个基督徒说："我们也自有我们的死法。"后来他的从容就死，也确然不愧是希腊、罗马文化的代表者。我们看这一个浪人两个娼妓的死法，不可不想想这一点。

这一天的早晨——一八五〇年十一月二十三日的早晨，约翰·倭克斯先生刚走上扑克坦的大街，他就感觉一夜的工夫这村上的人心大变了。街上三两个人在一块谈话，谈的正起劲，望见他走来，都不开口了，只彼此眼里会意。空气里好像是充满着礼拜日的道学味儿，在这个向来不惯受礼拜日的道学影响的村子里，这种新空气便觉得很有点可怕。

倭克斯先生见了这种情形，他那清秀镇静的脸上不露出什么顾虑的样子。他心里是否觉得有什么使他可以预料到的原因，那是另一问题。他心里想："大概他们要想干谁了；也许是要干我。"他用手绢揩去了靴上的扑克坦红土，把手绢还到衣袋里，也就不去猜想了。

原来扑克坦果然想干几个人。近几日之中，这村上损失了几千块金圆，两匹值钱的马，还丢了一个出名的市民。忽然村上起了一种道德的反动，平时蛮野惯了的，这回忽然大发道学狂，也就蛮野的厉害。一个秘密委员会决定了要替本村除去一切不正当的人。有两个人已被他们吊死在涧边的大树上了。还有几个，他们决定驱逐出境。这几个人之中，不幸有两个是妇人。为尊重女性起见，我得声明她们只是因为做的营业不正当，所以这回也在被驱逐之数。

倭克斯先生猜的不错，果然他自己也在逐客之中。秘密委员会里有人主张要吊死他，因为这个办法不但可以惩警别人，还可以把他赢去的金钱捞回来。村上的吉姆·惠勒说："罗林村上来的这个野小子，初次上咱

① 亨利克·显克微支（Henryk Sienkiewicz），波兰19世纪著名作家。作品气势恢宏、语言优美，被誉为"波兰语言大师"。他的代表作有卫国战争三部曲、《十字军骑士》等。1905年凭借长篇历史小说《你往何处去》，获得诺贝尔文学奖。

们这儿来，就让他卷了我们的钱去，这是最不公道的！”但是委员之中也有赢过倭克斯先生的钱的，不免要说几句公道话，才把这种极端主张压下去。

倭克斯先生听了他的判决，倒很冷静；他也看得出这班委员对他的罪名不免有点迟疑不决的神气，只好更摆出冷静的态度。他是赌场上的好手，岂能不服从他的运气？在他眼里看来，人生不过是一场输赢未定的赌博，派牌的人的机会好煞也有限。

村上派了一队武装市民护送这班不良分子到本地的境上，倭克斯先生是著名冷静大胆的好身手，他们派的武装队专是对付他的。此外还有两个少年女人，一个绰号叫做“公爵夫人”，一个绰号叫做“薛登妈妈”；还有一个男的，混名叫做“比利大叔”，是个醉鬼，人家疑心他在金矿里做过贼。

路上看热闹的人见了他们走过，都不说什么；武装的护送队也不说什么。到了境上的涧边，护送队的首领说了几句简单扼要的话：这回驱逐出境的人不准回到这里，违者有生命的危险。

护送的人回去之后，这班逐客的怨气憋不住了，于是公爵夫人气的掉泪，薛登妈妈说了几句不好听的话，比利大叔满嘴的毒咒就同古大夏的骑兵临退兵时发的连珠箭一般，冲口而出。只有那达观的倭克斯一声不响。他只静听着薛登妈妈喊着要挖出谁的心肝，静听着公爵夫人发愁怕死在半路上，静听着比利大叔一路上不断的咒骂。他用他平素的柔和态度，请公爵夫人把她的瘦驴换了他自己的“五花”好马。然而他这样大度的举动也不能就把这几个人联拢在一块。公爵夫人用她那半老的风骚勉强鼓起她那微受摧残的风标；薛登妈妈眼瞟着这五花马上的女人，怀着满腔妒忌；比利大叔呢，这一群人都逃不了他的诅咒。

他们打算上沙洲屯去。沙洲屯是一个拓荒驻屯，还没有经过扑克坦那样的道德革新的影响，所以他们想上那边去。上沙洲屯的路上，须翻过一座高山。平常须走整整一天，并且是很辛苦的路。在这初冬时节，这一群人走不多时，已离开了山脚下的温润气候，已到了西厄拉山的干冷的空气里了。山路很窄，很不好走。到了中午，公爵夫人滚鞍下马，宣告不愿意再往前走了。于是大家都歇下了。

他们歇脚的地点特别荒野可怕。一片圆形的树林，三面都是光秃的花岗石悬崖，斜向着这一面对着山下的危崖顶上。要是有人想在山中驻宿，这里自然是恰好的驻屯地点了。

但倭克斯先生知道到沙洲屯还不止一半的路，而他们丝毫没有准备，万不能在半路耽搁。所以他劝告同行的人，说："牌还没有翻出，难道就歇手了吗？"但他们带得有几瓶酒，在这种困难之下，有了酒就可以不问粮食柴火，也不问休息和什么远虑了。倭克斯只管苦劝，他们不消一会都有点酒意了。比利大叔恶狠狠的凶相渐渐变成昏昏沉沉的蠢相了，公爵夫人醉的哭了，薛登妈妈早已睡着打呼了。只有倭克斯先生仍是站着，斜靠着一块崖石，冷眼瞧着他们。

倭克斯先生不喝酒。赌博须要冷静的头脑，敏捷的心思，所以贪杯是最忌的。并且他说："我那喝得起？"

今天他眼望着他的同伴东倒西歪的样子，他才深刻地感觉他的流浪生涯的寂寞无聊。这是他生平第一次感觉无聊的难受。他向来有讲究修饰的习惯，便动手把他穿的黑衣服上的尘土弹干净了，寻点山泉洗了手和脸，还做了一些修饰小事，居然暂时把心事忘了。他未必想到自己独自跑开，丢了这几个更弱更可怜的同伴。但他不能不感觉在这一群人里丝毫不感觉什么刺激的兴奋；既没有强烈的兴奋，他平日在赌场上最著名的那种冷然镇静的神情也就用不出来了。他抬起头来望着那松林顶上的千尺悬崖；望着天，阴云遮着，很不吉利的样子；望着山脚下的山谷，早已看不分明了。他正在无聊眺望，忽听得有人喊他的名字。

山路上慢慢下来了一个骑马的人。倭克斯望见那少壮开阔的脸，认得那人姓森生，小名汤姆，混名叫做沙洲屯的"纯洁孩子"。他们在赌场上初次会面，倭克斯先生很冷静地把这个天真烂漫的少年人的全份财产——约莫有四十块金圆——都赢过去了。赌完之后，倭克斯先生把这少年赌徒拉到一间房里，关上门，对他说："汤姆，你是好孩子，可是你赌不得一个铜子。下次不要再赌了。”说完，他把赢的钱摸出来全还了他，推他出房门。从此以后汤姆便成了他的最忠心的奴隶了。

汤姆下岭来，热烈地抓住他的手，他好像很记得那一回事。他对倭克斯说他要到扑克坦那边去寻事业做。倭克斯问道：“一个人去吗？”——不，不，不能算是一个人去。倭克斯先生难道不记得平儿姑娘了？她曾在节饮饭店当过女侍者，不记得了吗？他们俩早就订婚了，可是她父亲吴慈那老头子不赞成，所以他们一块儿逃跑了，想上扑克坦去结婚。现在到了这儿，他们都走乏了，巧的很，他们找到了这样一块可以歇宿的地方！——汤姆一五一十地把这番话说了，那位十五岁的白胖的平儿姑娘，本来含羞躲在松树的背后，也冉冉地骑着马出来相见，在她的爱人身边把马勒住。

倭克斯先生向来不问人家男女情爱的事，更不拘什么礼俗上的形迹；但他总觉得这回的情势有点不幸。他究竟是机警的人，瞧见比利大叔正要开口说甚么，他忙踢他一脚，比利大叔此时酒也半醒了，晓得倭克斯先生不是好惹的，也就不敢开口了。倭克斯先生力劝汤姆不要在这里耽搁，但毫无效果。他又指出此地没有粮食，又没有搭篷帐的东西。他不料汤姆还带了一匹驴子来，满装着粮食；汤姆又发现了山径边有一间草创的板屋。汤姆指着公爵夫人说：“平儿可以同倭克斯太太在一块儿歇，我可以自己想法子。”

比利大叔听见他把公爵夫人认作倭克斯太太，他几乎大笑出来。倭克斯又踢他一脚，比利勉强忍住，躲到崖下去，对着那些长松，拍着腿做着鬼脸，嘴里不住的咒誓，笑了一个痛快。等他笑完了回来，只见他的同伴都坐下了，围着一堆柴火——这时候天气骤然变冷了，阴云密罩着——正在谈笑。平儿姑娘陪着公爵夫人谈天，显出小姑娘烂漫天真的神气，公爵夫人用心听着，也显出她许多时不曾有过的高兴神气。那个“纯洁孩子”也陪着倭克斯先生和薛登妈妈高谈，薛登妈妈酒也醒了，也高兴起来了。

比利大叔瞧着树林里这群人，瞧着这熊熊的火堆和前面树上系着的马匹，他心里有点看不过，说道：“呸，这算什么？这算你们的野外同乐会吗？”话犹未了，忽然一个主意夹着一股酒气冲上他的脑门，他又乐了，拍着大腿，把一只拳头塞住他自己的嘴。

天渐渐暗到山上了，一阵轻风吹动了松林的树顶，一阵松涛吹过那望不尽头的行列。他们把那松枝盖补的破板屋让三个女人住。汤姆和平儿分别时，他们毫不掩饰地亲了一个嘴，又老实，又恳挚，高高的松树顶上也许可以听见。那脆弱的公爵夫人和那满怀怨气的薛登妈妈瞧了，也都不作一声，进屋去睡了。外面三个男人添足了柴火，都在门口睡下，不上几分钟都睡熟了。

倭克斯先生向来睡少的。半夜后，他醒来时，觉得冻麻木了。他坐起来挑动那将灭的柴火，狂风正吹的厉害，风吹到他脸上，他才明白脸上怎么冻僵的原因，原来天下大雪了！

他惊跳起来，正想唤醒他们起来赶路，他回头看比利大叔睡的地方，比利已不见了。他心上起了疑心，嘴上低低骂了一声，跑到系驴子的树边一看，牲口都不见了。雪下的很大，雪里的脚印子也快看不见了。

倭克斯先生虽然着急，他不久便恢复了他的镇静，仍旧回到火边，也不去唤醒他的同伴。汤姆睡的安安稳稳地，他那天真的雀斑脸上含着笑容。门里那位小姑娘睡在那两个堕落的姊姊身边，睡的香香地，就好像睡在天神的怀抱里一样。倭克斯先生把他的毡毯围着两肩，手摸着他的小胡子，坐等天明。

在那炫人眼睛的雪片的银雾里，晨光慢慢地来了。那依稀还可辨认的山谷都像被幻术变化过了。倭克斯先生望着山下，把现在和将来都总括在一句话里——“困在大雪里了！”

他细细估计他们的粮食，虽然粮食堆在板屋里不曾被比利大叔偷去，这点子东西，若有精密的安排，可以勉强支持十天。“可是，”他低声向汤姆说：“这得假定你肯供给我们吃。为你计，你最好不分给我们吃，还可以等到比利大叔送粮食回来。”

他有他的理由不愿意叫这一对少年人知道比利大叔的恶毒行为，所以他说比利大概是走开去了，不知怎样又把牲口惊跑了。他暗地里关照公爵夫人和薛登妈妈，叫她们不可说破。他说："如果他们知道一点风声，他们便会知道我们大家的底细了。况且事到如今，叫他们害怕也无济于事。"

汤姆不但把全部粮食归倭克斯先生调度，并且他觉得这种和人世隔绝的生活很有趣。他说："咱们在这儿玩一礼拜，雪总会消了，那时咱们一同回去。"这孩子的高兴和倭克斯先生的镇静居然传染了其余的人。汤姆砍了一些松枝，盖了一个屋顶。公爵夫人指挥平儿布置屋内。事事有条理，有风味，把那乡下小姑娘乐的圆睁着两只蔚蓝眼睛。平儿说："我想您在扑克坦过惯了阔日子。"公爵夫人忙转过头去，遮掩了她两颊上胭脂底下起的红晕。薛登妈妈叫平儿不要多嘴了。可是后来倭克斯先生雪里探路回来时，他听得板屋里大笑的声音从山崖上回音过来。他站住细听，心想威士忌酒是他藏好了的，难道他们又偷喝了？他听了一会，说："这不大像威士忌喝醉了的声音。"等到他走到门前，从那弥漫的雪雾里望见他们围着炎炎的火堆，他才放了心，知道完全是高兴的玩笑。

我不知道倭克斯先生曾否把纸牌也和威士忌酒一同藏好了。但他那晚上从不提起纸牌。汤姆从他的行装里捧出他的手风琴来。手风琴颇不容易拉，平儿勉强榨出几只调子来，汤姆拍着两片牛骨响板，和着她的琴调。这一晚的时间就在音乐里过去了。那晚上的最大娱乐是这一对情人拉着手合唱的一支露天布道会的赞美歌，唱的又恳挚，又响亮。我想大概不是这歌的宗教性质，大概只是每节合唱一段的胆大无畏的口气和同仇相誓约的意味，使其余几个人都很容易受感动，都同声加入合唱道：

我甘心活着做我主的忠仆，
我的义务是战死在他的军队里。

伟大的松林震动吼响，狂风卷雪在这一群可怜的人们头上回旋，他们的祭坛里的火光朝天升起，都好像替他们的誓约作证。

到了半夜，风雪停住了，云也卷开了，朗朗的一天星照着这睡着的茅屋。倭克斯先生是靠赌博为生的，向来睡眠很少，所以他和汤姆轮流守夜，他总想法子多守几点钟。他对汤姆说："你别管我，我常常一礼拜不睡觉。"汤姆问："干些什么？"倭克斯说："打扑克！一个人运气好的时候便不会疲倦。运气先倒，人才倦了。"他很沉思地接着说："运气是十分奇怪的东西，谁也捉摸他不住，只知道他是一定会转变的。一个人的成败全靠能看准运气何时转变。我们自从离开扑克坦以后，碰着了一阵倒霉的运气，你碰上来，也就掉在这坏运气里。只要你能抓住你的牌不丢手，你便不妨。"他说到这里，带着开玩笑的神气，接着说：

"因为'我甘心活着做我主的忠仆，我的义务是战死在他的军队里。'"①

到了第三天，太阳从那罩着白幕的山脚下看上来，瞧着这一群逐客分配那慢慢减少的粮食作早餐。这山里的气候有点奇特，太阳光一出来便放出一种温和的暖气，射在这雪满的野景上，好像是表示对于往事的追悔。但日光里显出那茅屋四周高高地围着层层叠叠的大雪，——一片分不出东西高下的白茫茫大海铺在他们暂驻的危岩之下。从那特别清朗的空气里，他们可以望见扑克坦的炊烟。薛登妈妈看见了，引起了她的怨忿，她便从那高山上远望着扑克坦吐出一句最后的咒诅。这是她最后一次的恶骂；也许是因为这个缘故，她的恶声里自有一种巍然气象。她私下对公爵夫人说："这一咒使我心里舒服多了，你不信，也出去试试看。"

她咒骂过之后，仍旧想出法子来和平儿玩笑。她和公爵夫人都叫平儿做"这孩子"。平儿可不是小雏儿了，但她从没有赌咒说誓等等下流习惯，所以这两个妇人总说她是小孩子，这也是她们自己解嘲的一个办法。

夜色又从山壑里上来的时候，手风琴上的调子在柴火旁边时起时落。但音乐的功效终填不了吃不饱的肚子。于是平儿又想出一个解闷的法子来，要大家讲故事。倭克斯先生和那两位女伴都不愿意说他们个人的往

---

① 这歌原文的"我主"是上帝。倭克斯借用这歌词来歌颂"命运"，此处的"我主"是"运气"（Luck）。——胡适原注

事，所以这个法子又几乎完全失败了。幸而汤姆几个月之前偶然读了一本蒲伯（Pope）译的荷马的《伊利亚特》（Iliad）故事诗[①]，他把诗的字句忘了，却记得诗中故事的大意，于是他今天用沙洲屯的土语讲演荷马的杰作。于是这一晚上，荷马的英雄与天人便又重游人世了。托罗伊[②]城的勇将和足计多谋的希腊人在狂风里打仗，山峡里的大松树也好像畏惧伯里厄斯的英雄儿子[③]的震怒，都在狂风里怒吼。倭克斯先生高兴静听，他特别注意这故事里的英雄阿基里斯的命运。

于是这一群人靠着很少的粮食，很多的荷马故事，加上一只手风琴，居然过了一个礼拜的日子。太阳又不出来了，沉霾的天空里又降下了大雪片。他们四周的雪，一天围紧一天，到最后的时候，他们被困在那牢狱里，四面都是银色墙垣，高出他们的头顶至少有二丈多！火堆里添柴也一天困难一天，板屋边虽有倒下的树，也大半被雪压住了。

但是没有一个人出一句怨言。那一对小情人有时感得愁烦，抬起头来彼此望着一笑，便都快乐了。倭克斯先生明知道这场赌是输定的了，仍旧是十分镇静。公爵夫人从来没有这样高兴过，一心一意照应着平儿。只有薛登妈妈——这一群人之中身体算她最强健——却好像病倒了，一天瘦削一天，到了第十天的半夜，薛登妈妈叫倭克斯到她身边来。她挣扎着说："我去了。不要告诉他们。不要喊醒孩子们。我的头底下有一包东西，抽出来打开。"

倭克斯先生打开包裹，原来是薛登妈妈一礼拜的粮食，丝毫没有动。她手指着平儿说："留下给那孩子吃。"倭克斯先生说："原来你是自己饿死的！"那妇人说："这就是人们叫做饿死。"她仍旧睡下，面转向

---

① 古希腊的名著，叙述希腊人攻打托罗伊（Tory）城的故事。——胡适原注

② 托罗伊，今译特洛伊，位于小亚细亚半岛西端赫勒斯滂海峡东南。公元前12世纪初，迈锡尼联合希腊各城邦组成联军，渡海远征特洛伊。战争延续十年之久，最后特洛伊城被希腊人用"木马计"攻破。

③ 伯里厄斯（Peleus）的英雄儿子即是下文的阿基里斯（Achilles），是这故事诗的大英雄。——胡适原注

壁，静穆地死了。

这一天，手风琴和响板都丢开了，荷马也忘记了。他们把薛登妈妈的尸首葬在雪里之后，倭克斯先生把汤姆拉到一旁，取出一双踏雪的鞋子，是他用马上的驮鞍改造的。他指着平儿对汤姆说："现在还有百分之一的希望可以救她一命。这一点希望只在那边。"他手指着扑克坦，"你若能在两天之内赶到那边，她还有活命。"

"你呢？"汤姆问。

"我守在这里。"他只有这一句简短的回答。

这一对小情人相抱告别，依依不舍。公爵夫人看见倭克斯先生好像是等候汤姆同行的样子，便问道："你不也同去吗？"他答道："我只送他到山峡边。"但他忽然回来，同公爵夫人亲一个吻，使她灰白的脸上羞的顿时红起来，使她冻抖的手诧异的僵直了。

夜下来了，但倭克斯先生不曾回来。狂风卷着大雪又来了。公爵夫人起来添柴时，才知道有人早已在屋外堆了一大堆柴，可以够支持几天了。她明白这是倭克斯先生干的，她眼泪滚下来，但她不让平儿看见。

这两个女人睡的很少。第二天早晨，她们彼此望着，都知道绝望了。她们都说不出话来。平儿有点男儿气概，坐过来伸一只手臂抱住公爵夫人的腰。她们俩这样偎抱着，直到天晚。这一夜风雪狂怒的最厉害了，劈散了屋外障蔽的长松，直攻进板屋里来了。

到了早晨，她们都无力添柴了，火堆渐渐灭了。当那焦炭渐渐变黑的时候，公爵夫人爬近平儿身边，开口问道："平儿，你能祷告吗？"平儿答道："亲爱的，我不能。"公爵夫人听了这句话，也不知什么缘故，只觉得心里一块石头落了地，心放宽了，她把头搁在平儿的肩上，更不说什么了。她们这样偎倚着，那堕落的姊姊的头枕着这年轻纯洁的妹妹的处女胸前，她们都睡着了。

风渐渐小了，好像风也怕惊醒了她们。羽毛也似的雪片，从那些高松的枝上摇下来，像一些白羽的小鸟，飞集在她们的身上。云散开了，月亮照下来，照着那从前的板屋。但人的一切污点，尘世劳碌的一切痕迹，都被那纯洁无玷的月光大幕遮盖住了。

她们长睡了一天，又睡一天。后来人声到了门前，脚声进了破屋内，也不能惊起她们了。哀怜的手指扫除了她们苍白的脸上的积雪，两个死女人的脸上都是静穆的容颜，谁也认不出哪一个是曾经堕落的娼妇。粗莽的扑克坦人的法律也不能不承认这一点，他们都走开去，让这两个女人仍旧这样偎抱着。

他们在峡边一株最大的松树上，寻着一张纸牌，一张三叶牌（Clubs）的两点[①]，用小刀子钉在树上。在这纸牌上，有铅笔写的很有力的字迹，写的是这样的一篇墓碣：

在这树下
睡着的是
约翰倭克斯，
他在一八五〇年十一月二十三日
遇着了一阵倒霉的运气，
到了一八五〇年十二月七日，他把账结了。

冰僵在雪底下，一支手枪在身边，一颗子弹在心脏里，仍旧像生前的镇静，这里睡的是扑克坦的逐客之中的最强的，同时又是最弱的一个。

一九三〇，二，三，译完

① 纸牌之中，三叶牌（Clubs）最小；三叶牌之中，两点最小。这张牌是最倒霉的牌。——胡适原注

十七、戒　酒[1]

[美国] 哦亨利[2]

美国短篇小说大家博德（William Sydney Porter），笔名“哦亨利”（O.Henry），生于一八六七年[3]，死于一九一〇年。他的短篇全集凡十二册，此篇原名为The Rubaiyat of a Scotch High ball，载在全集中的The Trimmed Lamp一册内。哦亨利最爱用一地的土话和一时的习语。土话是跟着地方变的，习语是跟着时代变的，时变境迁，便难懂得。字典又多不载这种土话熟语。故外国人读他的作品往往感觉很大的困难。我译此篇的志愿起于一九一九年二月，只译了其中的莪默的第二首诗，后收在《尝试集》中，题为《希望》。一搁笔便直到今日，十年的心愿于今方了，总算一件快心的事。

我译小说，只希望能达意。直译可达，便用直译；直译不易懂，便婉转曲折以求达意。有时原文的语句本不关重要，而译了反更费解的，我便删去不译。此篇也删去了几句。

① 本篇原载1928年9月10日《新月》第一卷第7号。

② 哦亨利，今译欧·亨利，美国批判现实主义作家，世界三大短篇小说大师之一。

③ 此处胡适有误。欧·亨利出生于1862年。

巴伯·白璧德戒了酒了。

大凡一个人清醒时若不肯承认他曾经醉过，这个人总算还有救。但是，如果一个人对你说："我昨晚上大醉了，舒服的很。"这个人是不可救的了。你得替他祷告上帝，还得在他咖啡杯里添点威士忌酒。

有一天傍晚，白璧德从事务所回家，路上他踱进一家他最喜欢的酒店。向来他在这里总碰得着生意场中的三四个熟人，喝几杯"高球"①，闲谈几个故事，然后赶回家吃晚饭——稍晚一点，但满身感觉舒服爽快。

这一天，他刚走进酒店，听见里面有人说："白璧德昨晚在这儿喝够了，涨的像只清炖猫头鹰。"

白璧德走到柜台前，抬头望见镜子里他的脸像白粉那样白。这是他第一次听见真话。向来别人总是哄着他；他自己也哄着自己。原来他已成了一个醉鬼，他自己还不知道。平日他只以为不过是偶尔高兴；到今日才知道是实实在在的贪杯烂醉。什么高谈阔论，原来是酒醉糊涂；什么诙谐风趣，原来是酒鬼装腔做戏。

但是，再不干了！

白璧德对掌柜的说："一杯色尔曹泉水。"

那班酒友都等着他加入他们一块喝酒的，听了这话，大家都愣住了。

一个人问道："巴伯，戒了吗？"他说话时带着几分拘束，向来在"高球"杯边不曾见过的。

白璧德答道："是的。"

那班酒友之中，一个人继续说他不曾说完的笑话；柜上的人收了一个二角五的银币，找出一角五分钱来，可不带着向来欢迎主顾的笑脸。白璧德走了出去。

白璧德有一个家，家中有他的夫人。这另是一个故事。这个故事起于沙里文县，在那高山里，许多河流发源于此，许多烦恼也发源于此。那一年的七月里，吉丝姑娘在山中旅馆里过夏，巴伯刚从大学毕业出来，有一

---

① 高球酒（High Ball）是威士忌酒，倒在高玻璃杯里，加上冷水。——胡适原注

天遇着吉丝——到九月里他们便结婚了。

这个故事多么干脆！就像精炼的丸药，一口水便吞下去了。

但是那忘不了的七月呵！说书的人一枝拙笔，描摹不出那种神仙生活，只好用一个惊叹符号（!），让你们去猜想罢。

但是有一件事我不能不告诉你们。巴伯和吉丝都疯狂也似的喜欢读莪默的《鲁拜集》（Omar’s Rubaiyat）①。他们把那位波斯老骗子的小诗，背得烂熟——不是从头背到尾，只是东挑一首，西拣一首，正同你用叉子挑你那五角钱一盘的牛排盘子里的鲜蘑菇一样。沙里文山里有的是岩石和大树。吉丝常常坐在树下石头上，巴伯站在她的背后，两只手从她肩上伸过去拉住她的手，他的脸偎近她的脸，他们一同唱着最心爱的莪默的短歌。他们在那个时候只认得那些歌里的诗意和人生观——他们读那位波斯卖篷帐的诗人赞叹酒，歌颂醉，他们只觉得“酒”不过是一个印象，他们只觉得莪默歌颂的是“爱”和“人生”。在那个时代，他们还不曾尝过酒的滋味。

怎么啦？我说到什么地方了？

得啦，他们结了婚，回到纽约来。巴伯拿出他的大学文凭来，寻到一只饭碗，在一个律师事务所里装墨水壶，十五块金钱一星期。两年之后，他的薪水加到五十块金钱一星期了，也尝着“波希米亚”②的浪荡生活的滋味了。

---

① 莪默（Omar Khayyam），波斯诗人，算学家，哲学家。他死时当北宋末年，约1123年。他生于贫家，他的父亲是个卖篷帐的，故他自己用“楷盐”（Khayyam）作他的笔名。“楷盐”即卖篷帐的（此依Varesi的《莪默评传》）。他作了许多短歌，每篇四行，第一三四行押韵，颇像中国的绝句。其体原名为“鲁拜”（Rubai；pl.，Rubaiyat）。英国诗人费次·吉洛尔（Fitz Gerald）用多年工力译他的《鲁拜集》，因此得盛名。此篇中的两首原文用的即是费次·吉洛尔的译本。郭沫若先生有《鲁拜集》译本。——胡适原注

② “波希米亚”（Bohemia）本是欧洲一个国家，其地即今捷克国。欧洲有一种游民，相传多自波希米亚来，故通称为波希米亚人；颇似中国南部称“凤阳婆”一样。近世的文人画家音乐师，往往不修边幅，不拘礼法，过一种放浪自恣的生活，人称为“波希米亚”的生活。真的“波希米亚”生活可译为旷达的名士派；假的“波希米亚”，如此篇所写，只可译为浪人的堕落生活。——胡适原注

他们租了两间有现成家具的房间，带一间小厨房。吉丝是过惯了乡间小市的平淡而美丽的生活的，“波希米亚”的滋味正如同加上了一点糖和香料。她墙挂着打鱼的网，墙角放着不大正派的碗橱，她学会了五弦琴了。一星期之中，他们要出去上两三次的法兰西馆子，或意大利馆子，夹杂在纸烟的烟雾里，狂笑高谈里，长头发的美术家队里。吉丝居然能喝一杯“郭太尔”酒[①]，挑取杯里的樱桃吃。回到家里，她饭后也会吸一枝纸烟。她居然会说“吉昂第”（Chianti）[②]的酒名了，也会随便把橄榄核抛在地上让堂倌去拾。有一次，在一大群人里她居然敢唱“啦，啦，啦”，但她只唱得了第二个“啦”字。他们上馆子吃饭时，认得了一两家夫妇，就成了好朋友，墙角的碗橱里满贮着各色各样的酒。他们请他们的朋友来家晚餐，往往到了一点钟，他们还在嘻嘻哈哈地胡闹。楼下房间里天花板上的砖灰塌下了一大块，明天巴伯还得赔四元五的金钱。

他们这样高高兴兴的在“波希米亚国”的破烂的边地上逍遥自在。这个国家是没有国界，也没有政府的。

不多时，巴伯认得了一班胡调的朋友，也会把一只脚搁在酒店柜台外的六寸高的铜栏杆上，隔个把钟头才回家去。酒似乎很合他的脾胃，他喝了酒回家，总是欢天喜地。吉丝开门接他，他们往往搂抱着作一种颠狂的跳舞，这是他们的欢迎仪式。有一次，巴伯的脚步乱了，碰在一只小凳子上，跌了一交，吉丝见了大笑不可止，巴伯发急了，只好拿榻上的垫枕去掷她，叫她不要笑。

他们在这种情境里过了不少日子。

话又得说回头了。

这天晚上，巴伯回到家里，只见吉丝系着长腰裙，正在切一只龙虾做菜。

① “郭太尔”酒（Cocktail）有种种的和合法，名目最多，大旨是用烧酒，药酒，净水，等等和合。因为药酒（Bitters）带点苦味，故杯中往往加一颗糖渍樱桃。——胡适原注

② “吉昂第”酒是一种红葡萄酒，出于意大利的吉昂第山中。——胡适原注

向来巴伯从酒店里耽搁了个把钟头回家，兴致正好，他对他夫人的欢迎也最热闹——虽然不免夹着不少威士忌酒的气味。他一进门，便是狂喊，高唱，夹杂着亲吻的声音。楼下管门的老姑娘一听见他的脚步，总得把棉花塞住两只耳朵。起初吉丝还躲开他这种酒气冲冲的热烈欢迎，但久而久之，她也堕在那假波希米亚的迷雾里，就觉得这种粗暴的举动是爱人相见的正当礼节了。

这一晚却不然。巴伯回到家里，一声也不响，微微一笑，轻轻地和吉丝亲了吻，捡起一张报纸，就坐下了。楼下管门的老姑娘，手里擎着两朵棉花球焦急地等候着。

吉丝放下了龙虾和刀子，睁着两只惊讶的眼睛，跑过来问道："什么事？巴伯，你病了吗？"

"亲爱的，一点病也没有。"

"那末，究竟怎么一回事？"

"没有什么。"

列位朋友听着！万一府上的太太见您变了样子，问您究竟是怎么一回事，你不妨说你一时无名火起杀了你的祖老太太；也不妨说你骗了人家孤儿寡妇的钱，天良发现了；也不妨说你破产了；也不妨说你被仇人害了，或生了大肿毒，或碰见了大大的不幸——什么话都不妨说，只不要回答她"没有什么"。

吉丝也一声不响，仍回去切龙虾。她抬头望了巴伯一眼，眼光里含着莫大的疑心。他从来不曾有过这种样子。

晚餐摆好了，她摆出一瓶威士忌酒，放了两只杯子。巴伯摇手不要，他说："说老实话，吉丝，我戒酒了。你自己喝罢。你莫见怪，我来一杯色尔曹水罢。"

吉丝眼瞪着他，说："你戒了酒了？为什么？"

巴伯说："喝酒于人没有好处——你不赞成我戒吗？"

吉丝把眉一扬，一边肩膊一耸，冷笑道："赞成之至。我不好劝谁喝酒，吸烟，或礼拜日哼曲子。"

他们把晚餐吃完，差不多没有说话。巴伯几次开口，总觉得缺少了向来的兴奋力。他觉得很难过。有一两回，他的眼睛望着那酒瓶子，但每回总忘不了他的酒友在酒店里说他的话，他只好忍住。

吉丝心里深深感觉今天的变态。好像他们的生活的元素骤然失掉了。都只为今天的酒瓶塞子缺乏那"噗"的一响，向来那不安定的狂热，虚幻的高兴，不自然的热闹，都不知往那儿去了。吉丝有时偷看他一眼，只见他那懊丧的样子，就像打了老婆，或犯了什么罪似的。

晚餐过后，一个黑种女相帮走进来收拾桌子。吉丝板着脸，把那瓶酒拿过来，取了两只杯子，一碗碎冰，都放在桌子上。她冷冰冰的问道："请问，你今天的忽然天良发现，要改过自新了，是不是连我也包括在内？要是我不在内，我要自己调一杯。不知为什么缘故，今晚有点冷。"

巴伯很和气的答道："啊，吉丝，不要太责备我。你自己尽管请便，你不会过度的闹酒。我自己可保不住，所以我戒了。你喝了酒，把五弦琴拿来，我们来试试那快步的新跳舞，好不好？"

吉丝大模大样地说："我听人说，独酌是很有害的习惯。不，今晚上我不大高兴弹琴。我们既然要改过自新了，爽性连这弹琴的坏习惯也丢了罢。"

她拿了一本书，在桌子对面的藤的摇椅上坐下。他们俩有半个钟头不说一句话。

忽然巴伯抛下报纸，站起来，恍惚出了神似的，走到她的椅子背后，伸手从她双肩上过来，捏住她的两手，他的脸偎近她的脸。

顷刻之间，吉丝也出了神了。这墙上挂着渔网的小房子忽然不见了。她闭眼只见沙里文县的高山岩石。巴伯开口唱老莪默的歌，他觉得她的手打颤。他唱道：

来！
斟满了这一杯！
让春天的火焰烧了你冬天的忏悔！

青春有限，飞去不飞回——
痛饮莫迟挨！

他唱了，走到桌子边，取了杯子，倒了不少的威士忌酒。

但是，在这当儿，那沙里文的山风已吹进了屋子里，把那假“波希米亚”的迷雾都吹散了。

吉丝直跳起来，一只手一摔，酒瓶酒杯都摔碎在楼板上了。顺手一兜，抱住了巴伯的颈子，那只手也兜过来，抱的紧紧地。她喊道：“啊，天啊，巴伯，别唱那一篇——我现在明白了。我不会那样糊涂，你唱另外那一篇——记得吗？——‘好依着你我的安排，把世界重新造过’那一篇。”

巴伯说：“我记得，你听：

‘要是天公换了卿和我，
该把这寒伧世界……’”

吉丝说：“让我接下去唱完罢：

‘该把这寒伧世界一齐都打破，
再团再炼再调和，
好依着你我的安排，
把世界重新造过！’”

巴伯的脚踹着地上的碎玻璃，他说：“都打破了！”

楼下一间暗房子里，房东毕金斯太太听见了楼上摔了杯子瓶子，她的尖锐的耳朵早已认清了地点。她说：“又是那个酒鬼白壁德喝醉回来了。可怜他还有那么一个标致的太太！”

十七，八，二一。

十八、洛斯奇尔的提琴[1]

[俄国] 契诃夫

此篇为契诃夫（一译柴霍甫）短篇中最可爱的一篇。几年来，我曾读过十几遍，越读越觉得他可爱。近来山中养病，欧文书籍都不曾带来，只有一册莫泊三和一册契诃夫，都是英译本。梅雨不止，愁闷煞人；每日早起试译此篇，不但解闷，还要试验我已能耐轻巧的工作呢。

十二，七，十三。

这个镇是很小的，——同一个村庄差不多大，——镇上住的老头子，总是老不肯死，教人看着怪难过。在医院里，甚至于在监狱里，用棺材的时候总是很少的。

简单一句话，生意很不好。假使耶可 · 伊凡诺夫是在会城里做棺材匠，他现在也许住的是他自己的房子了，也许称他自己做耶可马维伊瞿[2]了。但是他在这个小镇上，人家只叫他耶可，还带上一个不知怎样得来的绰号，叫做白浪沙；他穷的和一个下等贫民一样，住在一所古老的矮

① 本篇原载1923年8月5日至8月19日《努力周报》第64、65期。

② 伊凡诺夫是姓，马维伊瞿是“父姓”；称名兼称“父姓”为尊敬。——胡适原注

屋里，只有一间房；在那一间房里，堆着他，马华（他的老婆），一只炉子，一张两个人睡的床，一些棺材，一张木匠凳，和其余种种家用的器具。

然而耶可做得很好的棺材，又结实，又好看。他替穷人和买卖人做的棺材，只有一个尺寸，用他自己的身材做样子；这个法子永不会错的，因为他虽然有七十岁了，镇上的人没有一个比他高的，连监狱里都没有比他高的。他替妇人或有身份的人做棺材时，须用一杆铁码竿量过[①]。至于小孩子的棺材，他虽然也做，但心里老不愿意，也不用量尺寸，很像瞧不起这种工作似的；每回做好之后，人家付他工钱，他总说："多谢。但我老实说，我不爱在这种琐碎事上糟掉我的工夫。"

除了做棺材之外，耶可还能拉提琴，也可以添补一点进款。镇上人家有喜事，每雇用一班犹太乐队，队中的指挥是一个锡匠，名叫摩西伊里伊瞿·沙克思；每回所得的钱，他自己总留下一大半。耶可的提琴拉的很好，尤其好的是拉俄国歌调，所以沙克思往往雇他帮忙，每天给他五十个加贝克[②]，客人赏钱在外。

耶可每坐在乐队里，汗就出来了，脸就涨红了；他总觉得热，大蒜的气味熏的人难受[③]。他的提琴哭也似的奏着，右边哼着的是一只大琴，左边呜咽着的是一支笛子。吹这笛子的是一个瘦弱的红头发的犹太人，满脸都是青筋红筋，他和那著名的世界大富翁洛斯奇尔同姓。无论怎样最快活的调子，到了洛斯奇尔手里，就会变悲哀了。耶可对于犹太人，满怀着仇恨；对洛斯奇尔，更觉可恶；他自己也说不出个所以然来。他起先不过觉得他可恼，随后竟对他咒誓[④]。后来有一次几乎要动手打他，这一回洛斯奇尔忍不住了，狠狠地望着耶可，说："要不是我敬重你的音乐天才，我

---

① 西洋人做棺材，平常都是量好死者尺寸做的，不像中国棺材没有个人的区别。——胡适原注

② 一百个加贝克（Kopeck）换一个卢布。——胡适原注

③ 耶可是俄国人，夹在这班犹太人队里，很不自安。——胡适原注

④ 欧美人发怒或发急时，往往咒誓。——胡适原注

早教你从窗子上滚出去了！”洛斯奇尔说完，竟哭了。因为这个缘故，这个乐队雇请耶可的时候是很少的，雇他时总是因为队里缺少一个犹太人，十分不得已，只好请他帮忙。

耶可总没有快活的日子。他总是愁眉皱眼地计算他的损失。一年之中，礼拜日做工是罪过的；圣徒纪念日做工又是罪过的；到了礼拜一，人总是懒懒的，又做不成工。所以一年三百六十多日，就差不多有二百日是耶可不能做工的日子，这是一桩损失。镇上人家喜事不用音乐，或用了音乐而沙克思不来请耶可，那又是一桩损失。镇上的警察长病了两年，耶可天天等他死，等的不耐烦了，偏偏他到了两年头上，忽然搬到会城里去医病，越医越坏，就死在那边了。耶可丢了这一位阔主顾，这一桩损失至少有十个卢布，因为警察长的棺材必定是很贵重的，棺材里总得衬上锦缎。

这些损失，每到了晚上，都一一到耶可心上来了。他倒在床上，提琴放在身边，脑子里装满了这种种账目，他只好拿起弦子，拉着琴，在那黑暗的夜里放出一种悲哀的音调，耶可心里也觉得好过一点。

去年五月六日，耶可的妻子马华忽然病了。她呼吸很吃力，喝许多水，走路蹒跚着。但第二天早晨，她仍旧起来，烧着炉子，还出去打水哩。挨到傍晚，她睡倒了。这一天，耶可终日奏着提琴。到了晚上，他拿出那本记载他的损失的账簿来翻看，因为没有事做，他就把这些损失的账一一加起来。不料损失的总数竟有一千多卢布之多！他吓的把账簿摔在地上，自己蹬脚烦恼。一会儿他又拾起账簿，弹着两只指头作响，嘴里只是长叹。他的脸涨紫了，满脸都是汗。他心想，如果这一千卢布存在银行里，每年至少有四十卢布的利息。这样看来，这四十卢布岂不又是一桩损失吗？简单一句话，无论你往那边走，到处总是损失，利益总是没有的。

他正这么想着，忽然马华喊道：“耶可，我要死了。”

他回头望着他妻子，只见她烧的脸都红了，但脸上却带着一种异常的喜色。耶可平日看惯了她的惨白的，畏怯的，愁苦的面色，这时候倒瞪呆了。看来她真是快要死了，而且她晓得她要永远离开这间矮屋这些棺材和耶可了，心里反觉得快活。她睡在那里，眼望着屋顶，咬着嘴唇，好像死神在她眼里是她的超度者，她正在同他低语哩。

天亮了，窗子上可望见太阳起来了。耶可看着他的老妻，不禁想起他一生从没有待她好过，从没有和她玩笑过，从没有怜惜她过，从没有想着买块手巾来给她盖盖头，从没有从做喜事人家带点好吃的东西回来给她。他一生对她，不是呼喝，就是骂。他有了损失总在她身上出气，有时还捏紧了拳头恐吓她。虽然他自问不曾真正打过她，但她见了他的拳头总是吓得魂都飞了，瘫在地上爬不起来。况且他还不准她喝茶——不喝茶，他的损失已尽够了——所以她一生只喝白开水。于今，耶可回想起来，明白了马华脸上现出那种快活神气的缘故，他心里倒有点难受了。

太阳起的很高了，耶可问隔壁人家借了一辆车，把马华送到医院里去。那天病人不多，他只等候了三个钟头。招呼他的，不是医生——医生自己病了——却是他的助手马克森尼可拉伊瞿。耶可很高兴，因为这位助手先生虽是一个好闹的酒鬼，人都说他的本领比医生高明的多。

耶可扶那老婆子进诊室，说道："您好呵！马克森尼可拉伊瞿，对不住，要来白烦您了。但是，您瞧，我的老伴病了。正是人家说的，我的终身老伴，……"

那位助手老先生皱着花白的眉毛，一手捻着胡子，动手验看那老婆子。马华坐在一只鼓凳上，曲着背，瘦皮包着老骨头，鼻尖突出，张着嘴，很像一只将要喝水的鸟。

助手先生慢吞吞地说："是呵……流行感冒，也许带点寒热。镇上现闹着肠窒扶斯[①]哩。……我那能办呢？她是一个老妇人了。……多大年纪了？"

耶可答道："六十九岁。"

"够老了。很是时候了。"

"自然哪！您的话是不错的；但是，您不要怪我说一句话：虫蚁尚且贪生呵。"

---

① 肠窒扶斯是来自日本的译名，即肠伤寒。

助手先生答话的神气很像是她的生死全在他手里。他说："我教你怎么办，朋友；给她头上扎一块冷湿布，拿这点药粉去，每天服两次。再会罢。"

耶可看那助手先生的面孔，就知道不妙，知道什么药粉也救不了马华的病，知道她不是今天，就是明天，准要死的。耶可走向前，轻轻地撞着助手先生的手腕，眨一眨眼睛，低声说道："是的，马克森尼可拉伊瞿，但是请你给她放放血罢。"

他回答道："我没有工夫，朋友，没有工夫。带了你的老婆子走罢！"

耶可求他道："求你做这一点好事罢。你自己知道，这种药粉只医得肚子里的毛病；可是她是重伤风呵。向来医伤风，总是放血的。"

那时助手先生已喊第二个病人了；一个乡下妇人抱着一个小孩应声进来。他向耶可说："走开去！"

耶可又求他道："至少请你试试水蛭罢[1]。我将来永远向上帝替你祷告。"

助手先生生气了，喊道："别再开口！"

耶可也生气了，脸也涨红了；但他不再说什么，扶了马华出去。他把她扶上车后，回头怒目望着医院，很轻蔑地骂道："什么东西！他给有钱的人放血，没有钱的人，他连水蛭都不肯用！什么东西！"

他们回到家里，马华扶住炉子，站了一会。她怕她若睡下了，耶可又要开始诉说他的损失了，又要骂她死睡躲懒了。耶可对她望着，心里烦闷；他想起明天是约翰洗礼者的纪念日，后天是圣尼古拉的纪念日，大后天又是礼拜日，再下去又是礼拜一——又是不好做工的。这四天都不好做工，而在这四天之中马华准会死的。她的棺材须在今天做好。他取了铁码竿，走近他老婆，量好了尺寸。量过之后，马华自去睡下，耶可用手画了十字，就动手做棺材。棺材做成了，耶可戴上眼镜，翻开他的损失账簿，

① 水蛭（Leech），旧时医生用来吸取血。——胡适原注

写道："马华·伊凡诺夫纳的棺材——损失二卢布，四十加贝克。"写完，他叹了一口气。

耶可做棺材的时候，马华睡在那边，闭着眼，一点也不作声。到了傍晚，天渐渐暗了，马华喊她丈夫道："耶可，你记得吗？记得五十年前上帝给我们一个黄头发的小孩子？你和我那时候每天坐在河岸上……在那株柳树底下……唱着曲子。"她发出一声惨笑，接着说："那孩子死了。"

耶可道："都是胡思乱想。……"

过了一会，教士来了，给她行圣餐和临终膏沐的仪式。马华嘴里喃喃地说了一些听不懂的话。到快天明时，她死了。

邻居的老妇人们来替她洗过，用衾裹起，把她安放好。耶可想省钱，他自己念了颂诗；管坟的人是他的教父，又省了一笔费。四个乡下人抬棺材，因为看重死者，也都不要钱。棺材后面跟着一群老婆子，叫花子和两个残废的人。这班乡下人在路上时时用手画十字。这件丧事就这样过去了，礼貌总算周到了，钱也省了，又没有得罪人。耶可心里很满足了。他最后和马华告别时，他用手指轻轻地敲着棺材，心里想道："一口很好的棺材。"

耶可从坟地回家，路上就觉得十分疲乏；他觉得病了，呼吸很吃力，两脚几乎站不稳了。他脑子里满装着不常有的思想。他又想起他一生不曾怜惜马华，不曾和她玩笑过。他们同居的五十二年，很像有无限的长；然而在那无限长的生命里，他竟从没有想到她，从没有爱怜她，只把她看待作一只猫或一只狗一样。但是马华却每天替他烧火，煮水，烤面包，取水，砍柴，和他同床睡觉；有时候耶可从喜事人家喝醉回来，她恭恭敬敬地接过提琴，挂在壁上服侍他睡下，——总是那样沉默无声地，脸上总是那种恇怯愁虑的神气。现在耶可觉得他可以怜惜她了，还想买点东西送给她，但是已太迟了。……

耶可正走着，对面来了洛斯奇尔，对他含笑点头说："老叔，我正在找你。摩西伊里伊瞿要我问候你，请你就过去。"

耶可一肚子怨恨，差不多要哭出来了；他一头走着，一头喊着："滚开去！”

洛斯奇尔惊讶地跟着他，说道：“当真吗？摩西伊里伊瞿要生气了。他要你就去。”

那犹太人气喘吁吁，眼皮闪动，满脸的红雀斑，耶可看了，心里着实厌恶他。他那瘦弱的身材，穿着一件绿色的外衣，上面一条一条地都是黑的污痕，也使耶可看了生厌。他喊道：“你追着我干什么，大蒜头！滚开点！”

洛斯奇尔也生气了，他喊道：“你要不客气一点，我就要把你送到篱笆那边去了。”

耶可真气了，捏着拳头赶上去，喊着：“滚开去！你不滚开去，我把你的魂都打出来！我见着犹太人就讨厌。”

洛斯奇尔吓慌了，蹲伏在地上，两只手在头上乱舞，好像遮抵拳头似的；忽然站起来，拚命飞跑。他带跑带跳，两手乱摆；背上那条瘦见骨的脊骨一扭一扭地动着。街上的小孩子看见这件事，都乐了，也都追着他，口里喊“犹太人！犹太人！”街上的狗也追着他狂吠。有些人大笑，有些人呼啸着，狗越吠越响。忽听得洛斯奇尔大叫一声，凄惨的很，大概是他被一只狗咬了一口了。

耶可行过镇上的公共场，沿着村边走去。路上的小孩子见了他，都喊着他的绰号“白浪沙！白浪沙！”长嘴的沙雏绕着他飞鸣，水边的鸭咶咶地叫，太阳光烘着一切；水上的光影映射过来，使人不敢正眼看去。耶可沿河走去，看着一个红颊腮的胖妇人从洗澡地方出来。离洗澡地方不远，坐着一群小孩子在那里捉螃蟹；他们望见耶可走来。也促狭地喊着：“白浪沙！白浪沙！”耶可走到这里，抬头忽看见一株很粗的老杨柳，树心空了一个大洞，树上挂着一个喜鹊巢……耶可猛然想起马华临死时说的那个黄头发的小孩子来……是的，正是这株绿杨树，仍旧悽戚无声地站在那里。……他也老成这个样子了，可怜的东西！

耶可坐在柳树下，慢慢地回想。在河的对岸，现在成了一片洼地了，当初却是一个大桦树林；更远一点，现在只剩了一座光秃秃的小山，当初却是一个大松林；河里当日上上下下都是河舫，现在一切都改变了，对岸的大桦树林只剩下一株少年白桦，亭亭摇曳，像一个小姑娘；当日河舫上下的河里，于今只浮着一些鹅鸭。在耶可眼里看来，好像五十年来鹅也变小了。他闭了眼睛，想象里看见一大群白鹅朝着他飞来。

他心里想，他这四五十年来，何以总不曾走近这河边；也许他曾来过，何以总不曾留意？这条河并不算小，河里可以打鱼，打得的鱼可以卖给商人官人和火车站食堂的管事，这笔钱可以存放在银行里；他还可以摇一只船，摇到河滨消夏的房子下去奏提琴，那些人家一定会给他钱；他又可以做一个河舫的舟子，总比做棺材好的多；他又可以养鹅，到冬天把鹅杀了运到莫斯科去卖，单算鹅毛一项一年也可以弄十个卢布。然而他却一件都不曾做，只是长吁短叹地过了一生。多么大的损失呵！况且他若是把那几件事一齐都做了——又打鱼，又拉琴，又摇河舫，又养鹅——他赚的钱岂不更多了吗？然而他却从来没有梦想到这些事体；一生就这么过去了，没有一点利益，没有一点满足；什么事都糊里糊涂地过去了，什么都不曾留住。于今回头细想，什么都没有了，只有损失，只有损失，想起来血都要冷了。况且人生世上，何以不能没有这种种损失呢？对岸的桦树林和松树林为什么都被砍伐了呢？那片公共草场为什么没有人利用呢？为什么人们偏爱做他们不应该做的事呢？为什么他自己一生只会叫，喊，捏紧拳头，恐吓老婆呢？为什么他要恐吓欺侮那个犹太人呢？为什么人们总不许彼此相安呢？这些也都是损失！可怕的损失！如果不是为了仇视和怨恨，人们尽可以彼此得着无穷的利益了。

那一天的晚上，耶可的脑子里只闹着柳树，鱼，死鹅，马华，她那像一只将要喝水的鸟的侧面，洛斯奇尔的可怜的样子，和无数的长鼻子从黑暗里伸出来诉说着种种损失。耶可在床上翻来覆去，一晚上五次起来拉提琴解愁。

到了早晨，他勉强起来，到医院去诊看。那位助手先生一样教他用冷布扎着头，一样给他药粉带回去服。耶可看他脸上的神气，也知道事体不妙，也知道什么药粉也医不好他的病。他一路回来，心里自想，人死了至少有一桩利益：可以不吃不喝，不纳税，不损害别人了；况且人睡在坟墓里，不止一年，可以睡千年万年；千年万年不吃不喝，不纳税，不害人，这笔利益多么大呵！总而言之，人的生命是一桩损失，只有死却是一桩利益。这个意思虽然很不错，究竟是很刺心的：人生世间，好歹只有一回，为什么世界却这样安排，使他毕生没有好处呢？

耶可自知要死，也并不懊恨。但他回到家中，见了他的提琴，他的心却酸了，觉得很愁。这提琴是不能带到棺材里去的，只好留作一个无主的孤儿，也许和那桦林松林遭逢一样的劫运。耶可走到门口，坐在门槛石上，把提琴抵住肩头。他心里仍旧想着人生的不幸，手里奏着琴，琴上发出悽恻哀怨的声调，他的眼泪纷纷滚下两腮来。他想的越深，琴声也越悽惨。

门响了两下，外面门口来了洛斯奇尔，他起先大步进来，一见了耶可，他就立刻停住了，缩紧了身子，吓的只用手指向他做手势。

耶可很和气地向他招手："上来罢，不要害怕。来罢。"

洛斯奇尔脸上还带着疑心和害怕的样子，他走上前，离耶可五六尺远，就站住了，他说："耶可，不要打我，这不是我自己的不是。摩西伊里伊瞿又叫我过来。他说：'不要怕；你再去找着耶可，告诉他我们少了他是不行的。'这回的喜事是在礼拜三；夏普法罗的小姐嫁给一个财主……这回的喜事一定是很讲究的。"他说时，把一只眼眨一眨。

耶可吁一口气，答道："我不能去了，我病了，好兄弟。"他说了这句话，又拿起琴弦来，眼里的泪珠纷纷滚下，滴在琴上，洛斯奇尔站在他身边，两手抱胸，用心细听。他脸上那种疑心和害怕的神气渐渐地变作了一种痛苦悲哀的神情；他的眼珠子滚来滚去，好像受痛苦的人如醉如痴的样子。他忍不住喊道："哙吓吓！"他的眼泪慢慢地滚下两颊来，替他的绿外衣上又添了几缕黑痕。

耶可终日睡在床上发愁。到了傍晚，教士来给他忏悔，问他可有什么特别的罪过要忏悔的；耶可搜索他那将枯的脑海，记起了马华的愁脸，又记起了洛斯奇尔被狗咬时的悽惨的喊声，他说："把这只提琴送给洛斯奇

尔。”他说时，声音已几乎听不清楚了。

现在镇上的人都问：洛斯奇尔从那里得来这样好的一只提琴？是他买来的呢？还是偷来的呢？还是赌胜来的呢？他久已丢了笛子，专拉提琴了。从他琴弦底下，发出各种悲调，和他在笛子上吹出的哀音一样。有时他学着耶可临死之前坐在门槛石上拉的那只调子，这时候，琴上发出那样热烈哀悲的声音，使听的人都哭了；他自己也滚着眼珠子，忍不住喊叫：“�吓！……”但是这只新曲，人人都爱听；镇上的富商和官吏有什么宴会，总没有不雇洛斯奇尔去奏琴的；往往他们硬要他把那支新曲奏了又奏，至重奏十回之多。

十二，八，六，在西湖上的烟霞洞。

十九、苦　　恼①

[俄国] 契诃夫

此篇译自Constance Garnett译的《契诃夫全集》第九册，页五五—六五。原题Misery。

——“满肚悲哀说向谁？”——②

黄昏的时候，大块的湿雪在街灯的四周懒懒地打旋；屋顶上，马背上，肩上，帽上，也盖着薄层的湿雪。赶雪车的马夫郁那卜太伯浑身都是白的，像闹鬼一样。他坐在车箱上，动也不动，身子尽量弯向前；很像就是有绝大的雪块压在他身上，大概他也未必肯动手抖去。

他的那匹小雌马也全白了，也不动一动。她的寂静，她的瘦骨的巉棱，她的腿的挺直，看上去她竟像五分钱一匹的糖马。也许她是想出了神哩。好好地从那灰色的田间风景里被拉到这种闹哄哄的地方，卸下犁耙来到这奇怪灯光底下拖雪车，谁到了这步田地也不能不想出了神的。

郁那同他的小马停在这里好久了。他们是饭前出来的，到这时候还不

① 本篇原载1924年1月17日、25日《现代评论》第6、7期。

② 这句引文引自宗教诗《约瑟夫的哭泣和往事》，限定了本篇小说的主题，即悲痛无人倾诉。

曾做到一趟生意。夜色已渐渐罩下来了。路灯的淡光渐渐亮起来了；街上渐渐热闹起来了。

郁那忽听见有人喊道：“雪车，到维波斯伽[①]！雪车！”

郁那惊起回头，从那雪糊着的眼睫毛缝里看见一个军官，穿着陆军大氅，披着风帽。

那军官喊道：“到维波斯伽！你睡着了吗？到维波斯伽！”

郁那把缰绳一拉，表示答应；大块的雪糕从马的肩膀背脊上飞下。那军官坐上了雪车。郁那喊着口号，伸长了头颈，站了起来，挥着鞭子。那雌马也伸长了头颈，曲起她的挺直的腿，缓缓地向前走……

“你这浑虫！往那儿撞？”郁那听见前面撷来撷去的一大堆黑块里有人喊着：“你撞什么？靠右——右边走！”

那军官也狠狠地喊道：“你车也不会赶！靠右边走！”

一部轿车的马夫向他咒骂；路旁一个走道的正从雪车的马前走过，肩膀擦着马鼻子，他怒气冲冲地瞪了郁那一眼，抖去了袖子上的雪。郁那在车箱上坐立不安，好像坐在棘针上一样；摇着两手，眼睛滚来滚去，像中魔的人，不知道他身子在何处，也不知道他为什么在这里。

那军官带笑说道：“这班促狭鬼！他们偏要撞到你前面，或跌倒在马脚下。他们一定是故意的。”

郁那对那军官一望，嘴唇微动。……他明是想要说什么话，但没有话出来，只吸了一口气。

那军官问道：“什么？”

郁那歪着嘴微笑，直着喉咙，枯燥地说道：“我的儿子……兀……我的儿子这个星期里死了，先生。”

“哼！害什么病死的？”

郁那把全身转过来朝着他的顾客，说道：“谁知道呢？一定是热病。……他在医院里住了三天，就死了。……上帝的意旨。”

---

① 维波斯伽，今译维堡区，彼得堡的一个地区。

“转过身去，你这浑虫！”黑暗里有人喊道，“你这老狗，昏了头吗？你瞧，你往那儿撞！”

那军官也说：“赶上去！赶上去！你这样走，我们明天也到不了。快点。”

郁那只好把头颈又一伸，站了起来，摇着鞭子。他几次回头望那客人，只见他闭着眼睛，明明是不爱听他诉苦。

到了维波斯伽，放下了客人，郁那停在一家饭馆旁边，仍旧蜷着身子，坐在车箱上，……那湿的雪仍旧把他和他的马都涂白了。

一点钟过了，又过一点钟，……

三个少年人，两个高而瘦的，一个矮而驼背的，一同走过来，嘴里彼此嘲骂，脚下的靴子蹬的怪响。

“车儿，到警察厅桥！”那驼背的用沙喉咙喊着，“三个人，二十个壳白[①]。”

郁那把缰绳一抖。二十个壳白是太少了，但这却不在他心上，无论是一个卢布，是五个壳白，他都不计较，只要有生意就好。……那三人嘴里叽哩咕噜骂着，一拥上车，抢着要坐下。车上只有两个人的座位，叫谁站呢？吵骂了一会，他们才决定叫那驼子站着，因为他生的最矮。

那驼子站在郁那背后，呼气直呼在郁那的颈子里，他鼓起他的沙喉咙喊道：“走罢！快走！……咦，你戴的一顶什么帽子！京城里找不出比你更破的了。”

郁那笑道：“嘻——嘻！……嘻——嘻！不值得夸口！”

“算了，不值得夸口。快点去罢！……你只会这样慢慢地踱吗？嗳？你要我在你脖子上请你一下吗？”

那两个高的之中，一个开口道：“我们头疼。昨儿在德马索那边我和法斯加两人喝了四瓶白兰地。”

那边那个高的狠狠地说道：“我不懂你为什么说这种话。你说谎同畜

① 壳白，今译戈比。俄国的辅币单位，1卢布等于100戈比。

生一样。”

“打死我，这是真话，……”

“真话！差不多同说虱子会咳嗽一样真。”

郁那笑道：“嘻——嘻！高……高……兴的先生们！”

“吐！鬼捉了你！”那驼子怒喊着：“你这老瘟鬼，你走不走？这算是赶车吗？还不拿鞭打她一下！浑虫！重重打她一下！”

郁那觉得背后那驼子的破沙喉咙和那撅来撅去的身子。他听见骂他的话，他看见来来去去的人，他觉得心里寂寞的味儿反渐渐减轻了一点。那驼子骂他，咒他，直到后来一大串的咒骂把自己的喉咙呛住了，嗽个不住。那两个高的少年正在谈着一个女人叫做什么娲底希达的。郁那时时回头看他们。等他们说话稍停顿的时候，郁那回过头来，说道：“这星期里……兀……我的……儿……儿子死了！”

那驼子咳嗽完了，把嘴唇一抹，叹口气道：“咱们都要死的。……快点赶！快点赶！朋友们，这样的爬，我可忍不住！什么时候才能到呀？”

“也罢，你鼓励鼓励他罢。脖子上给他一拳！”

“听见了没有，老瘟鬼？我要叫你喊痛。我们要同你这样的人客气，我们只好下来跑路罢。老鳖儿，听见了没有？你难道不管我们说什么吗？”

郁那听见了——可没有觉得脖子上的一拳。他笑着：“嘻——嘻！……高兴的先生们。……上帝给您健康！”

一个高的问道：“车夫，你有老婆吗？”

“我？嘻——嘻！……高兴的先生们，我现在的老婆只是这个潮湿的地面了……呵——呵——呵！……只是那坟墓了！……我的儿子死了，我还活着。……希奇的事，死错了人。……死鬼不来找我，倒找着我的儿子。……”

郁那转过身来，想告诉他们他的儿子怎样病死，但正当这时候，那驼子叹口气说：“谢天谢地，我们到了！”

郁那接了那二十个壳白，瞪着眼看着那三个少年走向黑暗里去。他仍旧是孤单单地一个人，仍旧无处开口。……刚才暂时减轻了的苦痛，于今又回来了，并且格外刺心，格外难过。郁那眼巴巴地望着大街两旁来来去去的行人，这边望望，那边望望，这成千成百的人当中，他那里去找一个人来听他诉说他的苦恼呢？

一群一群的人走过来，走过去，没有人睬他，也没有人睬他的苦恼。……他的苦恼是大极了，无穷无尽的。好像他的心若爆开了，他的苦恼流了出来，定可以淹没这个世界。可是总没有人看得见。他的苦恼不幸被装在这样一只微细的壳子里，就是白天打了灯笼去寻，谁也看不见。……

一会儿，郁那瞧见里边走出一个看门的，带着一个包裹；他打定主意要和他攀谈。他问道："朋友，什么时候了？"

"快十点了。……你为什么停在这儿？赶开去！"

郁那把雪车赶开了几步，蜷起身子，仍旧去想他的苦痛。他想，对别人说是没有用的了。但是不到五分钟，他又伸起头来了，把头一摇，像是感觉疼痛似的。他拉起缰绳来。……他忍不下去了。

"回去罢！回到车厂去罢！"

那匹小雌马，好像她懂得主人的意思，快跑起来了。一点半钟之后，郁那已在一个很脏的大炉子边坐下了。炉子上边，地板上，板凳上，都有人睡着打呼。屋子里空气闷的很，有种种臭味。郁那看看那些睡着的人，抓抓自己的头，颇怪自己回来这样早。……

"我今天挣的钱还不够买马吃的雀麦呢，……怪不得我要这样苦，……一个人要是会作活，要是有的吃饱，要是他的马也有的吃饱，就不会慌了。……"

屋子的那边，一个马夫坐了起来，睡眼模糊地咳一声嗽，伸手去摸水桶。

郁那问道："要喝一口吗？"

"好像是的。"

"盼望你喝口水会见好一点。……可是我的儿子死了。……你听见吗？这星期里，死在医院。……不幸的事。……”

郁那要看看这几句话会发生什么影响，但他看不出什么。那个马夫喝了水，蒙着头，早又睡着了。郁那叹口气，抓自己的头。……那马夫害渴要喝水，郁那害渴要说话。他的儿子死了快一星期了，他还不曾真正同谁谈过。……他想正正经经地谈一回。细细地谈一回。……他想诉说他的儿子怎么得病，怎样痛苦，临死之前怎样说话，死的时候什么样子。……他想诉说他的儿子死后的丧葬，他自己怎样到医院去讨回他儿子的衣服。他还有一个女儿阿二在乡下。……他也想谈谈阿二的事。……是的，他要说的话多着呢。听他的人应该叹气，应该感动叫喊，应该恸哭。……最好是对妇女们谈谈。妇女们虽是蠢东西，他一开口，她们就要哭了。

郁那想：“让我去看看我的小马。睡觉还早呢。……”

他穿上外衣，走到马房里。他想着马吃的雀麦和草料，想着外面的天气。……他在没有人的地方是不能想着他的儿子的，他可以对人说他儿子；但是空想着他，想象他的样子，那是受不住的痛苦。

郁那在暗地里忽然瞧见那雌马的发亮的眼睛，他就问道：“你在嚼草吗？你嚼罢，嚼罢。……我们挣的钱不够买雀麦，只好吃草了。……是的，……我老了，赶不了车了。……我的儿子应该赶车，我不行了。……他才是个马夫呢。……他应该活着。……”

郁那沉默了一会，又接着诉说：“是这么一回事，老太婆（指雌马），……库司麻（他的儿子之名）死了。……他同我告别了。……他无缘无故地死了。……倘使你有一匹小马，你是他的亲生娘。忽然你的小马儿去了，死了。……你不伤心吗？……”

那小雌马嚼着草，听他诉说，她嘴里的热气呼到郁那的手上。郁那忍不住了，就把他的悲哀全告诉她了。

十三，十二，十三。

二十、楼　梯　上[1]

[英国] 莫理孙[2]

莫理孙（Arthur Morrison）生于一八六三年。少年曾在政府机关服务，后来才投身于舆论界。他的小说长于描写贫民的生活，常采伦敦东头（East End）贫民区域中的生活状况作材料，当时称为一种新的写实主义。他在一八九三年印行他的短篇小说集，名为《陋巷故事》（Tales of Mean Streets），风行一时。这三十年中，很多继续他这一派的作品的。他的小说不少，他的侦探小说最有名，但文学界里最赏识的究竟还是那部《陋巷故事》。我这一篇也是从这一册里译出的。

这所房子也曾见过世面来。当年伦敦东头商业兴旺，装船的和造机器的还不至于不屑住在他们的工场所在的区域，那时候曾有一位体面的主人住过这房子。但是现在这所高屋，砖墙虽然还结实，外观可很难看了：走道两旁，污秽不堪，油漆也剥落了；窗子有开裂的，有钉补过的；大门是终日开着的，妇女们坐在石级上，闲谈着疾病、死丧和物价；地毯上一个

① 本篇原载1923年3月11日《努力周报》第43期。

② 莫理孙，今译莫里森，英国著名作家、记者。生于1863年，去世于1945年。其以现实主义小说和侦探小说蜚声文坛。

一个的都是绊人的破洞；楼梯上和走道上到处都是泥污。因为八家人家合住一所房子，谁家也不肯买一块门口擦脚泥的粗席，况且那条街又是一条常是泥泞不干的街道。这房子不但难看，还有种种气味，没有一种是好闻的（一种是煎鱼臭味）。

虽然如此，这房子却还不是一个贫民窟。

二层楼上，一个瘦削的妇人，两只手腕露在短袖外，站住了在一个房门外偷听；那房门开了，从那久闭的病房里放出一股腥臊气味来。一个曲背龙钟的老妇人站在门槛上，一只手握住身背后的门。

那瘦妇人问道："克狄太太，他现在可好些吗？"说时，她对那开门处一点头。

那老妇人摇摇头，随手把门带上。她的牙床在那枯瘦的嘴里磨来磨去："好是不会好的了，直等到他走。"说到这里，略顿一顿："他快要走了。"

"医生说没有指望了吗？"

"天哪，我不要问什么医生，"克狄太太脸上颇像忍不住要笑，"我见过不少的医生了。这个孩子就要不行了；我也看得出的，况且——"她说到这里，把门又拉一下，关紧了，她才低声说，"——他们来接他了。"她使劲点一点头，接着说："三个鬼昨晚在床头作响；我懂得那是什么意思！"

那瘦妇人皱起眉头，点点头："呵，是的，我们迟早总逃不过这一天。有时候，这样脱卸，倒也快活。"

这两个妇人各朝空处望着，那老的点一点头，嘴里咯咯作声，像田鸡叫。一会儿，那瘦妇人说道："他总算是一个好儿子，可不是吗？"

"嗳，嗳，——我当他是一个很好的儿子了。"老妇人似乎有点不很高兴："虽然我只有一个工会可以帮贴一点，我总要把他的后事办的好看点。多谢上帝，我还办得起！"她很凝想的说着，一只拳头托着颏巴，睁着眼望着楼梯上渐渐暗下来的夜色。

那瘦妇人说："当日我的男人死时，"她提起此事，似乎得意起来了，“我给了他一个很冠冕的出丧。他是一个奥德斐洛会员，我得了十二镑钱。我办一个橡树棺材，一辆开敞的柩车，我们一家坐了一部马车，他的同伴坐了一部——都是双马车；还有翎毛，还有护丧的执事。我们拣最远的路，绕到坟山。杠房的人对我说，‘孟代太太，无论怎样，你心里总可以觉得你待他不错了；在这一点上，总没人能怪你。’是的，没人能怪我。他对我是一个好男人，我也给了他一个好看的埋葬。”

那瘦妇人很得意了。这个听的烂熟的孟代出丧的故事，今天在克狄太太的耳朵里忽然发生一种新的趣味。那老妇人反搭着下颏巴，磨来磨去，说：“我家巴白也会有一个冠冕的埋葬。有了他的保险钱，再东凑上一点，西凑上一点，我就办得下了。只是护丧的执事的一层，我可说不定。那是一笔费。”

东头的方言，妇人们看中了一件东西，而没有钱买到手时，他们不明说买不起，只说那是一笔“费”，或说一笔“大费”，意思是一样的，只是说来好听点。克狄太太也曾估算过她的家私，终觉得执事是一笔“费”。在一个省钱的出丧，执事人（Mutes）至少也要半镑金钱，另外还得请他们喝酒。孟代太太说是要那么多。

老妇人点点头，“是的，是的，半镑金钱。”这时候房里边发生一种没气力的响声，像是病人用一条手杖敲着地板。老妇人喊道，“就来了。”——她伸手去抓门上的手柄，一面说，“是的，半镑金钱；但那可不算少了，我想不出法子怎样弄这笔钱，——眼前真没有法子。”她伸手去推门，又顿住了，找上一句道：“除非我不用翎毛了。”

“不用翎毛，那是很可惜的。我要……”

楼梯上有脚步；忽然有绊了一跤的声音，接着就是一个人生气赌咒的声音。克狄太太瞪着那将黑的夜色，问道：“您是大夫吗？”

来者是医生的助手；他进病人的房里去了，孟代太太也自踱上别一层去了。

有五分钟的时间，楼梯上更黑暗了，医生的助手——一个少年人——从病房里出来，后面跟着那老妇人，拿着一支蜡烛。孟代太太在上层的黑暗里听他们说话。

那助手说："他快要落下去了；他务必要喝点提神的东西。曼塞大夫叫给他红酒喝。酒呢？"

克狄太太嘴里咕噜，怪可怜的。那助手使着一种不很在行的腔调（他是一个月前才准行医的）说："我告诉你，他务必要喝点，他吃不下硬东西了；我们不能让他这样落下去。多挨过一天，也许会转机呢——可是因为你买不起红酒？"

老妇人说："那是一种费，——费那么多，大夫，一天一天的半升牛乳，还要这样，还要那样，还要……"她说不清楚了，颏巴只磨着。

"但是他务必喝这个；就是你的最后一个先令，你也得买给他喝。如果你当真没有这几个钱……"他略顿了一顿。他不是一个有钱的少年人——有钱的少年人不会来替东头医生当白差——但他记起昨晚上打纸牌时，一堆一堆的大便士赢进来；况且他是新来没有阅历的人，想不到他会自己投去上当。所以他摸出五个先令来，说："如果你真没有钱，——也罢，拿这个去，买一瓶好的。不要到小酒店里买。不要忘记，立刻就买。他早就该喝这个了。"

他可不知道，说也巧的很，原来他的师傅前一天也曾犯过同样的不小心，给的钱的数目都是一样的，也是在那楼梯口交付的。克狄太太既然不说，他那里知道？他摸下楼梯，走上那泥泞的街道，心里盘算：一个公理会牧师的儿子打牌赢来的钱，这样花掉一点，不知可以赎罪吗？

但是克狄太太拿蜡烛进房时，鼓起了脸上的皱纹，很聪明的摇摇头。"铛"的一声，五个先令掉在一把茶壶里去了。孟代太太听到这里，也就走开去做她自己的事了。

房门闭了，楼梯上全是黑暗。有两次，一个同屋的人下来，上去，又下来；那扇房门还是闭着。底下几层，男的，女的，来来往往，出出进进。偶然一种喊声，或一种笑声，从街上送过来。马路旁的石路上，脚步的声音，更清脆，更少了；从底上一层的走廊上，时时有醉鬼走路跌撞不稳的声音。

一只破自鸣钟，嗤嗤的乱报钟点；每隔二十分钟，准有一个警察的脚声响过，似乎有意讥嘲那破钟的时辰不准。最后，有人把大门关了，街上的声音就模糊了。楼梯口上那间房里门上的钥匙一转，锁上了。此外更听不见什么了。下面一束惨暗的灯光，照了几个钟头，也就灭了。那发了疯的自鸣钟，嗤嗤的不息；但那间房里终夜没有人出来，也没有谁开那房门……

次日早晨，孟代太太来敲门，那房门上的钥匙一转，门开了。停了一会，那两个妇人同走到楼梯口，克狄太太戴着一顶不成样子的帽子。

孟代太太说："啊，他是一个很好看的死尸，白的同蜡一样。我的男人死时，也是这样。"

那老妇人又作田鸡叫了："我不能不走了。又要去问保险钱，又要给他量身材，够忙了。"

"够你忙了。你要哪一家杠房？卫金好吗？我那回雇的是卫金家。比开基家好点。开基家的执事，穿的衣服不漂亮，裤腿竟有擦破了的。如果你想用执事……"

"自然，自然，"克狄太太很僵硬的点一点头："我要用执事。多谢上帝，冠冕点，我还出得起！"

"还用翎毛吗？"

"是的，还要翎毛。究竟用翎毛也费不了多少钱。"

十二，三，一〇

二十一、心　　理[1]

她开出门来，见他站在那里，她心里觉得从来没有这样的快乐。他跟着她走进画室，也觉得这回来这里真正快乐。

“没有事吗？”

“没有。正打算吃茶。”

“有客吗？”

“谁也没有。”

“啊！好的。”

他放下他的外套和帽子，从容地，慢慢地，好像他什么事都没有了，又好像他永远用不着这两件东西了。他走到火炉边，两只手伸在那跳跃的火焰上面。

他们俩站在那跳跃的火光里，一会儿都不做声。然而他们微笑的嘴唇上却在那里涵咏他们心头的见面话。他们心里低声说道：

“说话干吗？这还不够吗？”

“岂但够呢！直到这一刻，我才明白……”

“和你在一块是怎样的好……”

“像这样子……”

---

① 本篇小说原著者及翻译日期均不明，见于《胡适遗稿及秘藏书信》第11册（黄山书社1994年影印版），原稿标题后附有英文“Psychology”。

“这不但够了，竟是过分了。”

但他忽然回过头来望着她，她忙走开了。

“要烟卷吗？我把水壶放上去。你渴想喝茶吗？”

“我不。并不渴想。”

“我可渴想喝茶了。”

“你。”他拍着那亚美尼亚的垫子，倒在一张椅子上。“你是一个绝妙的小支那人。”

“是的，我正是。”她笑了。“我渴想喝茶，正同强壮的男子渴想喝酒一样。”

她点起了那橘色罩子的灯，扯拢了窗幕，摆好了茶桌子。水壶里两只小鸟唱起来了，火焰震跃着。他坐起来，两手扳住膝头。吃茶固是一桩有趣味的事，——她这里常有好东西吃——尖小的夹饼，短而甜的杏仁条儿，浓厚的黑糕带着一点酒味——虽然如此，吃茶究竟是一桩打岔。他巴不得茶早完了，桌子挪开了，他们的两只椅子挪近了炉火，那时候，他摸出他的烟斗，装上烟叶，一面用手指去压紧斗杯里的烟叶，一面说：“我们上回说的话，后来我曾想过，我以为……”

是的，那是他渴望的，也是她渴想的。是的，当她摇动那酒精灯上的小壶的时候，她看见了他们俩的影子，——他很适意地倒在那一堆软垫上，她盘蜷在那浅蓝的坐椅上。她眼里的影子清楚的很，细致的很，就像画在那蓝色水壶盖上似的。然而她又没有法子忙着；她几乎要喊出来，“给我一点时间”。她要一点时间把她自己镇静下来，她要一点时间推开她生活里那些惯熟的东西。因为她周围那些好东西都是她的一分子，——简直可说是她的子孙，——他们自己也知道，所以不轻易放过她。可是现在他们——这些好东西——不能不走了。她不能不把他们赶开去，哄开去，——像小孩子一样，赶上黑魆魆的楼梯，装到床上，逼着睡去，——立刻——不许做一点声息。

因为他和她的交情的最特别的一点就在他们彼此之间完全解除一切防线，就像一块大平原上两个没有遮拦的城，他们两颗心彼此公开。在他呢，并不像一个战胜者，骑马进她的城来，全身甲胄，眼里只看见一种欢欣的、锦绣的颤动。在她呢，也并不像一个女王，进他的城来，在花瓣上轻盈地行走。不，他们是两个恳切的旅行者，全神贯注在懂得他们所见的和发现他们所不见的，——他们自己知道这种非常难得的机会使他们能彼此完全开诚相见，他们要充分利用这种机会。

况且这里面难得的是他们俩的年纪都够得上尽量享受这种冒险生活而不致发生什么好笑的感情上的危险。一动情感，什么便都完了；他们很明白这一点。况且那一类的危险，他们俩早已过去了，——他今年三十一岁，她三十岁了，——他们都已有过很丰富浓挚的经验，现在是收获的时候了。他做的小说可不是会成为伟大的小说吗？还有她的戏剧呢，——谁能有她那种真正英国喜剧的风味呢？……

她很小心地把糕切成小小的厚块，他伸手过来取了一块。

“你务必要领略这糕的好处，”她恳求他。“要放出想象力来吃他。顶好的是滚着你的眼珠子，细细地体会他的味道。这可不是什么纸袋里拿出来的面包夹饼，——这块糕简直上得《创世纪》。……上帝说‘糕来！’糕就来了。上帝看了，说是‘好的’。”

“你不消嘱咐我，”他说。“你真不消。奇怪的很，在这儿吃的东西，我都留意，在别处我就从不留意。我想这大概是因为我独居的生活过的太久，吃东西的时候又总要看书……我这种习惯，把吃食只当吃食看……看作一种东西，本来在那里，给我们吞下去，有的就变成没有的。”他笑了，“这话叫你听着奇怪吗？”

“奇怪的很。”她说。

“可是——还有呢——”他把茶杯推开，说话快起来了，“我简直可算是全没有外物的生活。东西的名字——树木和别的东西——我都不认得；我也从不留意地方和器具；人的面貌，我也不留意。在我眼里，一间房子和别一间房子全没有分别——总不过是一个坐谈读书的地方罢了——除了，”他说到这里，停住了，怪天真烂漫地一笑，接着说，“除了这间画室。”他朝四面一望，又望着她；他笑他自己的惊奇和快乐。他的样子像一个火车上的旅客，一觉醒来，居然到了他的目的地了。

“还有一件奇怪的事。我闭了眼睛，我可以看见这间房子，什么小东西都不会遗漏。……我此刻才想着这事，——我从前总不曾明白觉得。往往我不在这儿的时候，我的灵魂又回到这儿来了，在你那些红椅子队里徘徊往来，眼睁睁地望着那黑桌子上的鲜果盘，——轻轻地摸着那个顶可爱的睡小孩的头。”

他说时，抬头望着那雕刻的睡孩子。

附录

一、《短篇小说第一集》译者自序

这些是我八年来翻译的短篇小说十种，代表七个小说名家。共计法国的五篇，英国的一篇，俄国的两篇，瑞典的一篇，意大利的一篇。

这十篇都是曾发表过的：《最后一课》曾登《留美学生季报》；《柏林之围》曾登《甲寅》；《百愁门》曾登《留美学生季报》；《决斗》、《梅吕哀》、《二渔夫》曾登《新青年》；《一件美术品》曾登《新中国》；其余三篇曾登《每周评论》。因为这十篇都是不受酬报的文字，故我可以自由把他们收集起来，印成这本小册子。

短篇小说汇刻的有周豫才、周启明弟兄①译的《域外小说集》（一九〇九）两册，周瘦鹃的《欧美名家短篇小说丛刊》（一九一七）三册。他们曾译过的，我这一册里都没有。

我这十篇不是一时译的，所以有几篇是用文言译的，现在也来不及改译了。

近一两年来，国内渐渐有人能赏识短篇小说的好处，渐渐有人能自己著作颇有文学价值的短篇小说，那些“某生，某处人，美丰姿……”的小说渐渐不大看见了。这是文学界极可乐观的一种现象。我是极想提倡短篇小说的一个人，可惜我不能创作，只能介绍几篇名著给后来的新文人作参考的资料，惭愧惭愧。

---

① 周豫才即鲁迅；周启明即周作人。

后面附录《论短篇小说》一篇，是去年的旧稿，转载在这里，也许可以帮助读短篇小说的人领会短篇小说究竟是一件什么东西。

民国八年九月　胡适

我译的短篇小说，在第一版所印十种之外，还有《他的情人》一篇，现在趁再版的机会，把这篇也加进来。

民国九年四月　胡适

二、《短篇小说第二集》译者自序

这几篇小说本来不预备收在一块的。契诃夫的两篇是十年前我想选一部契诃夫小说集时翻译的；三篇美国小说是我预备选译一部美国短篇小说集用的。后来这两个计划都不曾做到，这几篇就被收在一块，印作我译的《短篇小说》第二集。

《短篇小说》第一集销行之广，转载之多，都是我当日不曾梦见的。那十一篇小说，至今还可算是近年翻译的文学书之中流传最广的。这样长久的欢迎使我格外相信翻译外国文学的第一个条件是要使它化成明白流畅的本国文字。其实一切翻译都应该做到这个基本条件。但文学书是供人欣赏娱乐的，教训与宣传都是第二义，决没有叫人读不懂看不下去的文学书而能收教训与宣传的功效的。所以文学作品的翻译更应该努力做到明白流畅的基本条件。

这六篇小说的翻译，已稍稍受了时代的影响，比第一集的小说谨严多了，有些地方竟是严格的直译。但我自信，虽然我努力保存原文的真面目，这几篇小说还可算是明白晓畅的中国文字。在这一点上，第二集与第一集可说是一致的。

我深感觉近年翻译外国文学的人，多是间接从译本里重译，很少是直接翻译原文的。所以我前几年在上海寄居的时候，曾发愿直接翻译英国和美国的短篇小说。我又因为最喜欢Harte与O. Henry的小说，所以想多译他们的作品。这几篇试译，我盼望能引起国内爱好文学的人对于这两位美国短篇小说大家发生一点兴趣和注意。我也盼望我的第三集是他们两人的专集。

胡适

一九三三，六，二十七，太平洋船上。

三、论短篇小说

这一篇乃是三月十五日在北京大学国文研究所小说科讲演的材料。原稿由研究员傅斯年君记出，载于《北京大学日刊》。今就傅君所记，略为更易，作为此文。

一、什么叫做“短篇小说”？

中国今日的文人大概不懂“短篇小说”是什么东西。现在的报纸杂志里面，凡是笔记杂纂，不成长篇的小说，都可叫做“短篇小说”。所以现在那些“某生，某处人，幼负异才……一日，游某园，遇一女郎，睨之，天人也……”一派的烂调小说，居然都称为“短篇小说”！其实这是大错的。西方的“短篇小说”（英文叫做 Short story）在文学上有一定的范围，有特别的性质，不是单靠篇幅不长便可称为“短篇小说”的。

我如今且下一个“短篇小说”的界说：

（短篇小说是用最经济的文学手段，描写事实中最精彩的一段，或一方面，而能使人充分满意的文章。）

这条界说中，有两个条件最宜特别注意。今且把这两个条件分说如下：

（一）“事实中最精彩的一段或一方面”。譬如把大树的树身锯断，懂植物学的人看了树身的“横截面”，数了树的“年轮”，便可知道这树的年纪。一人的生活，一国的历史，一个社会的变迁，都有一个“纵剖面”和无数“横截面”。纵面看去，须从头看到尾，才可看见全部。横面截开一段，若截在要紧的所在，便可把这个“横截面”代表这一人，或这一国，或这一个社会。这种可以代表全部的部分，便是我所谓“最精彩”的部分。又譬如西洋照相术未发明之前，有一种“侧面剪影”（Silhouette），用纸剪下人的侧面，便可知道是某人。（此种剪像曾风行一时，今虽有照相术，尚有人为之。）这种可以代表全形的一面，便是我所谓“最精彩”的方面。若不是“最精彩”的所在，决不能用一段代表全体，决不能用一面代表全形。

（二）“最经济的文学手段”。形容“经济”两个字，最好是借用宋玉的话：“增之一分则太长，减之一分则太短；着粉则太白，施朱则太赤。”须要不可增减，不可涂饰，处处恰到好处，方可当“经济”二字。因此凡可以拉长演作章回小说的短篇，不是真正“短篇小说”；凡叙事不能畅尽，写情不能饱满的短篇，也不是真正“短篇小说”。

能合我所下的界说的，便是理想上完全的“短篇小说”。世间所称“短篇小说”，虽未能处处都与这界说相合，但是那些可传世不朽的“短篇小说”，绝没有不具上文所说两个条件的。

如今且举几个例。西历一八七〇年，法兰西和普鲁士开战，后来法国大败，巴黎被攻破，出了极大的赔款，还割了两省地，才能讲和。这一次战争，在历史上，就叫做普法之战，是一件极大的事。若是历史家记载这事，必定要上溯两国开衅的远因，中记战争的详情，下寻战与和的影响。这样记去，可满几十本大册子。这种大事到了“短篇小说家”的手里，便用最经济的手腕去写这件大事的最精彩的一段或一面。我且不举别人，单举Daudet和Maupassant两个人为例。Daudet所做普法之战的小说，有许多种。我曾译出一种叫做《最后一课》（La Dernière Classe）。（初译名《割地》，登上海《大共和日报》，后改用今名，登《留美学生季报》第三年。）全篇用法国割给普国两省中一省的一个小学生的口气，写割地之后，普国政府下令，不许再教法文法语。所写的乃是一个小学教师教法文的“最后一课”。一切割地的惨状，都从这个小学生眼中看出，口中写出。还有一种叫做《柏林之围》（Le si è ge de Berlin）。（曾载甲寅第四号。）写的是法皇拿破仑第三出兵攻普鲁士时，有一个曾在拿破仑第一麾下的老兵官，以为这一次法兵一定要大胜了，所以特地搬到巴黎，住在凯旋门边，准备着看法兵“凯旋”的大典。后来这老兵官病了，他的孙女儿天天假造法兵得胜的新闻去哄他。那时普国的兵已打破巴黎。普兵进城之日，他老人家听见军乐声，还以为是法兵打破了柏林奏凯班师呢！这是借一个法国极强时代的老兵，来反照当日法国大败的大耻，两两相形真可动人。

Maupassant所做普法之战的小说也有多种。我曾译他的《二渔夫》（Deuxamis），写巴黎被围的情形，却都从两个酒鬼身上着想。还有许多篇如“Mlle Fifi”之类（皆未译出），或写一个妓女被普国兵士掳去的情形，或写法国内地村乡里面的光棍，乘着国乱，设立“军政分府”，作威作福的怪状……都可使人因此推想那时法国兵败以后的种种状态。这都是我所说的“用最经济的手腕，描写事实中最精彩的片段，而能使人充分满意”的短篇小说。

二、中国短篇小说的略史

“短篇小说”的定义既已说明了，如今且略述中国短篇小说的小史。

中国最早的短篇小说，自然要数先秦诸子的寓言了。《庄子》《列子》《韩非子》《吕览》诸书所载的“寓言”，往往有用心结构可当“短篇小说”之称的。今举二例，第一例见于《列子·汤问篇》：

太形王屋二山，方七百里，高万仞，本在冀州之南，河阳之北。

北山愚公者，年且九十，面山而居，惩山北之塞，出入之迂也，聚室而谋曰：“吾与汝毕力平险，指通豫南，达于汉阴，可乎？”杂然相许。其妻献疑曰：“以君之力，曾不能损魁父之丘。如太形王屋何？且焉置土石？”杂曰：“投诸渤海之尾，隐土之北！”

遂率子孙荷担者三夫，叩石垦壤，箕畚运于渤海之尾。邻人京城氏之孀妻，有遗男，始龀，跳往助之。寒暑易节，始一返[①]焉。

河曲智叟笑而止之曰：“甚矣，汝之不慧！以残年余力，曾不能毁山之一毛，其如土石何？”

北山愚公长息曰：“汝心之固，固不可彻，曾不若孀妻弱子！虽我之死，有子存焉。子又生孙，孙又生子，子又有子，子又有孙。子子孙孙，无穷匮也，而山不加增。何苦而不平？”

河曲智叟亡以应。

操蛇之神闻之，惧其不已也，告之于帝。帝感其诚，命夸娥氏[②]二子负二山，一厝朔东，一厝雍南。自此，冀之南，汉之阴，无陇断焉。

这篇大有小说风味。第一，因为他要说“至诚可动天地”，却平空假造一段太形王屋两山的历史。第二，这段历史之中处处用人名地名，用直接会话，写细事小物，即写天神也用“操蛇之神”，“夸娥氏二子”等私名，所以看来好像真有此事。这两层都是小说家的家数。现在的人一开口便是“某生”、“某甲”，真是不曾懂得做小说的ABC。

第二例见于《庄子·徐无鬼篇》：

庄子送葬，过惠子之墓，顾谓从者曰：

“郢人垩漫其鼻端，若蝇翼，使匠石斫之。匠石运斤成风，

---

① 此处胡适原文为“返”，《列子》原文为“反”。

② 此处胡适原文为“夸娥氏”，《列子》原文为“夸蛾氏”。

听而斫之，尽垩而鼻不伤。郢人立不失容。宋元君闻之，召匠石曰：'尝试为寡人为之！'匠石曰：'臣则尝能斫之。虽然，臣之质死久矣！'自夫子（谓惠子）之死也，吾无以为质矣！吾无与言之矣！"

这一篇写"知己之感"，从古至今，无人能及。看他写"垩漫其鼻端，若蝇翼"，写"匠石运斤成风"，都好像真有此事，所以有文学的价值。看他寥寥七十个字，写尽无限感慨，是何等"经济的"手腕！

Maupassant有一篇短篇，叫做"An Artist"与庄子这一篇的用意有点相像。但他用了几千字，写来还不如庄子的七十个字。这可见"经济"之中也还有个高下的分别。

自汉到唐这几百年中，出了许多"杂记"体的书，却都不配称做"短篇小说"。最下流的如《神仙传》和《搜神记》之类，不用说了。最高的如《世说新语》，其中所记，有许多很有"短篇小说"的意味，却没有"短篇小说"的体裁。如下举的例：

（1）桓公（温）北征，经金城，见前为琅琊时种柳，皆已十围，慨然曰："木犹如此，人何以堪！"攀枝执条，泫然流泪。

（2）王子猷（徽之）居山阴，夜大雪，眠觉开室，命酌酒，四望皎然。因起彷徨，咏左思《招隐诗》，忽忆戴安道。时戴在剡，即便夜乘小船就之。经宿方至，造门不前而返。人问其故，王曰："吾本乘兴而来[①]，兴尽而返，何必见戴！"

此等记载，都是拣取人生极精彩的一小段，用来代表那人的性情品格，所以我说《世说》很有"短篇小说"的意味。只是《世说》所记都

① 此处胡适原文为"乘兴而来"，《世说新语》原文为"乘兴而行"。

是事实，或是传闻的事实，虽有剪裁，却无结构，故不能称做“短篇小说”。

比较说来，这个时代的散文短篇小说还该数到陶潜的《桃花源记》。这篇文字，命意也好，布局也好，可以算得一篇用心结构的“短篇小说”。此外，便须到韵文中去找短篇小说了。韵文中《孔雀东南飞》一篇是很好的短篇小说，记事言情，面面都到。但是比较起来，还不如《木兰辞》更为“经济”。

《木兰辞》记木兰的战功，只用“将军百战死，壮士十年归”十个字；记木兰归家的那一天，却用了一百多字。十个字记十年的事，不为少。一百多字记一天的事不为多。这便是文学的“经济”。但是比较起来，《木兰辞》还不如古诗《上山采蘼芜》更为神妙。那诗道：

> 上山采蘼芜，下山逢故夫。长跪问故夫：“新人复何如？”“新人虽言好，未若故人姝。”颜色类相似，手爪不相如。新人从门入，故人从阁去。新人工织缣，故人工织素。织缣日一匹，织素五丈余。将缣来比素，新人不如故。

这首诗有许多妙处。第一，他用八十个字，写出那家夫妇三口的情形，使人可怜那被逐的“故人”，又使人痛恨那没有心肝，想靠着老婆发财的“故夫”。第二，他写那人弃妻娶妻的事，却不用从头说起，不用说“某某，某处人，娶妻某氏，甚贤，已而别有所欲，遂弃前妻而娶新欢……”他只从这三个人的历史中挑出那日从山上采野菜回来遇着故夫的几分钟，是何等“经济的手腕”！是何等“精彩的片段”！第三，他只用“上山采蘼芜，下山逢故夫”，十个字，便可写出这妇人是一个弃妇，被弃之后，非常贫苦，只得挑野菜度日。这是何等神妙手段！懂得这首诗的好处，方才可谈“短篇小说”的好处。

到了唐朝，韵文散文中都有很妙的短篇小说。韵文中，杜甫的《石壕吏》是绝妙的例。那诗道：

暮投石壕村，有吏夜捉人，老翁逾墙走，老妇出门看。吏呼一何怒！妇啼一何苦！听妇前致词：三男邺城戍。一男附书至，二男新战死。存者且偷生，死者长已矣！室中更无人，惟有乳下孙，有孙母未去，出入无完裙。老妪力虽衰，请从吏夜归，急应河阳役，犹得备晨炊。夜久语声绝，如闻泣幽咽。天明登前途，独与老翁别！

这首诗写天宝之乱，只写一个过路投宿的客人夜里偷听得的事，不插一句议论，能使人觉得那时代征兵之制的大害，百姓的痛苦，丁壮死亡的多，差役捉人的横行，一一都在眼前。捉人捉到生了孙儿的祖老太太，别的更可想而知了。

白居易的《新乐府》五十首中，尽有很好的短篇小说。最妙的是《新丰折臂翁》一首。看他写“是时翁年二十四，兵部牒中有名字，夜深不敢使人知，偷将大石捶折臂”，使人不得不发生“苛政猛于虎”的思想。白居易的《琵琶行》也可算得一篇很好的短篇小说。白居易的短处，只因为他有点迂腐气，所以处处要把做诗的“本意”来做结尾，即如《新丰折臂翁》篇末加上“君不见开元宰相宋开府”一段，便没有趣味了。又如《长恨歌》一篇，本用道士见杨贵妃，带来信物一件事作主体。白居易虽做了这诗，心中却不信道士见杨妃的神话；所以他不但说杨妃所在的仙山“在虚无缥缈中”，还要先说杨妃死时“金钿委地无人收，翠翘金雀玉搔头”，竟直说后来“天上”带来的“钿合金钗”是马嵬坡拾起的了！自己不信所以说来便不能叫人深信。人说赵子昂画马，先要伏地作种种马相。做小说的人，也要如此，也要用全副精神替书中人物设身处地，体贴入微。做“短篇小说”的人，格外应该如此。为什么呢？因为“短篇小说”要把所挑出的“最精彩的一段”作主体才可有全神贯注的妙处。若带点迂气，处处把“本意”点破，便是把书中事实作一种假设的附属品，便没有趣味了。

唐朝的散文短篇小说很多，好的却实在不多。我看来看去，只有张说的《虬髯客传》可算得上品的“短篇小说”。《虬髯客传》的本旨只是要说“真人之兴， 非英雄所冀”。他却平空造出虬髯客一段故事，插入李靖红拂一段情史，写到正热闹处，忽然写“太原公子裼裘而来”，遂使那位野心豪杰绝心于事国，另去海外开辟新国。这种立意布局，都是小说家的上等工夫。这是第一层长处。这篇是“历史小说”，凡做“历史小说”，不可全用历史上的事实却又不可违背历史上的事实。全用历史的事实，便成了“演义”体，如《三国演义》和《东周列国志》，没有真正“小说”的价值。（三国所以稍有小说价值者，全靠其能于历史事实之外加入许多小说的材料耳。）若违背了历史的事实，如《说岳传》使岳飞的儿子挂帅印打平金国，虽可使一班愚人快意，却又不成“历史的”小说了。最好是能于历史事实之外，造成一些“似历史又非历史”的事实，到结果却又不违背历史的事实。如法国大仲马的《侠隐记》，（商务出版，译者君朔，不知是何人。[①]吾以为近年译西洋小说，当以君朔所译诸书为第一，君朔所用白话，全非抄袭旧小说的白话，乃是一种特创的白话，最能传达原书的神气，其价值高出林纾百倍，可惜世人不会赏识。）写英国暴君查尔第一世为克林威尔所囚时，有几个侠士出了死力，百计想把他救出来，每次都到将成功时忽又失败，写来极热闹动人，令人急煞，却终不能救免查尔第一世断头之刑，故不违背历史的事实。又如《水浒传》所记宋江等三十六人是正史所有的事实。《水浒传》所写宋江在浔阳江上吟反诗，写武松打虎杀嫂，写鲁智深大闹和尚寺等事，处处热闹煞，却终不违历史的事实。《荡寇志》便违背历史的事实了。《虬髯客传》的长处正在他写了许多动人的人物事实，把“历史的”人物如李靖、刘文静、唐太宗之类。和“非历史的”人物如虬髯客、红拂。穿插夹混，叫人看了竟像那时真有这些人物事实。但写到后

---

① 此处胡适云“译者君朔，不知是何人”的这位君朔，实为清末民初的翻译家伍光建（1867—1943）。其一生译著甚多，所译哲学、历史、文学等作品近千万字。《侠隐记》今译《三个火枪手》或《三剑客》，是大仲马的代表作。伍光建根据英译本以白话文转译，非全译，有删节，商务印书馆1907年7月初版，是民国时期的畅销书。

来，虬髯客飘然去了，依旧是唐太宗得了天下，一毫不违背历史的事实。这是“历史小说”的方法，便是《虬髯客传》的第二层长处。此外还有一层好处，唐以前的小说，无论散文韵文，都只能叙事，不能用全副气力描写人物。《虬髯客传》写虬髯客极有神气，自不用说了。就是写红拂李靖等“配角”，也都有自性的神情风度。这种“写生”手段，便是这篇的第三层长处。有这三层长处，所以我敢断定这篇《虬髯客传》是唐代第一篇“短篇小说”。

宋朝是“章回小说”发生的时代。如《宣和遗事》和《五代史平话》等书，都是后世“章回小说”的始祖。《宣和遗事》中记杨志卖刀杀人，晁盖等八人路劫生辰纲，宋江杀阎婆惜诸段，便是施耐庵《水浒传》的稿本。从《宣和遗事》变成《水浒传》，是中国文学史上一大进步。但宋朝是“杂记小说”极盛的时代，故《宣和遗事》等书，总脱不了“杂记体”的性质，都是上段不接下段，没有结构布局的。宋朝的“杂记小说”颇多好的，但都不配称做“短篇小说”。“短篇小说”是有结构局势的；是用全副精神气力贯注到一段最精彩的事实上的。“杂记小说”是东记一段，西记一段，如一盘散沙，如一篇零用帐，全无局势结构的。这个区别，不可忘记。

明清两朝的“短篇小说”，可分白话与文言两种。白话的“短篇小说”可用《今古奇观》作代表。《今古奇观》是明末的书，大概不全是一人的手笔。（如《杜十娘》一篇，用文言极多，远不如《卖油郎》，似出两人手笔。）书中共有四十篇小说，大要可分两派：一是演述旧作的，一是自己创作的。如《吴保安弃家赎友》一篇，全是演唐人的《吴保安传》，不过添了一些琐屑节目罢了。但是这些加添的琐屑节目便是文学的进步。《水浒》所以比《史记》更好，只在多了许多琐屑细节。《水浒》所以比《宣和遗事》更好，也只在多了许多琐屑细节。从唐人的吴保安，变成《今古奇观》的吴保安；从唐人的李汧公，变成《今古奇观》的李汧公；从汉人的伯牙子期，变成《今古奇观》的伯牙子期——这都是文学由略而详，由粗枝大叶而琐屑细节的进步。此外那些明人自己创造的小说，如《卖油郎》，如《洞庭红》，如《乔太守》，如《念亲恩孝女藏儿》，都可称很好的“短篇小说”。依我看来，《今古奇观》的四十篇之中，布局以《乔太守》为最工，写生以《卖油郎》为最工。《乔太守》一篇，用一个李都管做全篇的线索，是有意安排的结构。《卖油郎》一篇写秦重，花魁娘子，九妈，四妈，各到好处。《今古奇观》中虽有很平常的小说（如《三孝廉》，《吴保安》，《羊角哀》诸篇，）比起唐人的散文小说，已大有进步。唐人的小说，最好的莫如《虬髯客传》。但《虬髯客传》写的是英雄豪杰，容易见长。《今古奇观》中大多数的小说，写的都是些琐细的人情世故，不容易写得好。唐人的小说大都属于理想主义（如《虬髯客传》，《红线》，《聂隐娘》诸篇，）《今古奇观》中如《卖油郎》，《徐老仆》，《乔太守》，《孝女藏儿》，便近于写实主义了。至于由文言的唐人小说，变成白话的《今古奇观》，写物写情，都更能曲折详尽，那更是一大进步了。

只可惜白话的短篇小说发达不久，便中止了。中止的原因，约有两层。第一，因为白话的“章回小说”发达了，做小说的人往往把许多短篇略加组织，合成长篇，如《儒林外史》和《品花宝鉴》。名为长篇的“章回小说”，其实都是许多短篇凑拢来的。这种杂凑的长篇小说的结果，反阻碍了白话短篇小说的发达了。第二，是因为明末清初的文人，很做了一些中上的文言短篇小说。如《虞初新志》，《虞初续志》，《聊斋志异》等书里面，很有几篇可读的小说。比较看来，还该把《聊斋志异》来代表这两朝的文言小说。《聊斋》里面，如《续黄粱》，《胡四相公》，《青梅》，《促织》，《细柳》……诸篇，都可称为“短篇小说”。《聊斋》的小说，平心而论，实在高出唐人的小说。蒲松龄虽喜说鬼狐，但他写鬼狐却都是人情世故，于理想主义之中，却带几分写实的性质。这实在是他的长处。只可惜文言不是能写人情世故的利器。到了后来，那些学《聊斋》的小说，更不值得提起了。

三、结论

最近世界文学的趋势，都是由长趋短，由繁多趋简要——“简”与“略”不同，故这句话与上文说“由略而详”的进步，并无冲突。诗的一方面，所重的在于“写情短诗”[Lyrical Poetry（或译“抒情诗”）]。像Homer，Milton，Dante那些几十万字的长篇，几乎没有人做了；就有人做，（十九世纪尚多此种。）也很少人读了。戏剧一方面，莎士比亚的戏，有时竟长到五出二十幕，（此所指乃Hamlet也。）后来变到五出五幕；又渐渐变成三出三幕；如今最注重的是“独幕戏”了。小说一方面，自十九世纪中段以来，最通行的是“短篇小说”。长篇小说如Tolstoy的《战争与和平》，竟是绝无而仅有的了。所以我们简直可以说，“写情短诗”，“独幕戏”，“短篇小说”三项，代表世界文学最近的趋向。这种趋向的原因，不止一种。（一）世界的生活竞争一天忙似一天，时间越宝贵了，文学也不能不讲究“经济”，若不经济，只配给那些吃了饭没事做的老爷太太们看，不配给那些在社会上做事的人看了。（二）文学自身的进步，与文学的“经济”有密切关系。斯宾塞说，论文章的方法，千言万语，只是“经济”一件事。文学越进步，自然越讲求“经济”的方法。有此两种原因，所以世界的文学都趋向这三种“最经济的”体裁。今日中国的文学，最不讲“经济”。那些古文家和那“聊斋滥调”的小说家，只会记“某时到某地遇某人，作某事”的死账，毫不懂状物写情是全靠琐屑节目的。那些长篇小说家又只会做那无穷无极《九尾龟》一类的小说，连体裁布局都不知道，不要说文学的经济了。若要救这两种大错，不可不提倡那最经济的体裁，——不可不提倡真正的“短篇小说”。

1918年

（原载《新青年》第四卷第5号）

翻译诗歌

一、六百男儿行[①]

半里复半里，半里向前驰。
驰驱入死地，六百好男儿。
男儿前进耳，会须夺炮归。
驰驱入死地，六百好男儿。

男儿前进耳，岂复生恇惧。
军令即有失，吾曹岂复顾?
不敢复诘责，战死以为期。
偕来就死地，六百好男儿。

左右皆巨炮，巨炮当吾前。
炮声震天地，炸弹相蝉联。
男儿善磬控，驰驱入鬼谷。
六百好男儿，偕来临地狱。

① 本诗原作为英国诗人阿尔弗雷德·丁尼生（Alfred Tennyson，1809—1892）的《轻骑兵冲锋》（The Charge of the Light Brigade），1854年创作。胡适于1908年10月翻译，诗人名译为“邓耐生”，刊载于1908年10月15日《竞业旬报》第30期。

刀光何熠爚，杀敌如犬羊。
孤军当大敌，声名天下煌。
蒙弹冒矢石，陷阵复冲坚。
怯哉哥萨克，逡巡不敢前。
敌阵乱且靡，男儿纵辔归。
归来非六百，六百好男儿。

左右皆巨炮，巨炮逼吾后。
炮声起四围，轰然若当吼。
炮弹相蝉联，马仆健儿死。
苦战得旋归，归自鬼伯齿。
鬼谷入复出，复出良不易。
悲彼战死者，朝出暮相弃。

英名何时坠，一战惊天下。
勖哉天下人，钦此专严者。

二、缝衣歌[①]

此篇初载巴黎《新世纪报》，译者自名欧化，上海《神州》、《繁华》二报相继转载。余初不知原著者果为何人，惟爱其词酷似香山乐府耳。今年夏，姚康侯先生以英国诗人Thomas Hood《诗集》见示，谓中有一诗甚佳。及读其诗，则固《缝衣歌》原文也。是可以见此诗之价值矣！惟译本间有未能惬心之处，因就原著窜易数节。精英文者，自能辨其当否耳。

铁儿附记

美人蒙敝衣，当窗理针线。
眼昏不敢睡，十指亦已倦。
不辞缝衣苦，饥穷可奈何？
愿以最悲音，一唱缝衣歌。

缝衣复缝衣，晨鸡鸣极巅；
缝衣复缝衣，星光临窗前。
窃闻回教国，女罪不可赎；

① 本诗原作为英国诗人托马斯·胡德（Thomas Hood，1799—1845）的人道主义诗歌《衬衫之歌》（The Song of the Shirt）。胡适于1908年10月翻译，刊载于1908年10月25日《竞业旬报》第31期。

耶教复如何，为奴几时毕。

缝衣复缝衣，脑晕不自觉；
缝衣复缝衣，眼倦不可药。
一襟复一袖，一袖复一襟。
低头入睡乡，缝衣未敢停。

汝亦有母妻，汝亦有妹姊。
粲粲绮罗衣，丝丝人血耳。
缝衣复缝衣，饥穷兼垢秽。
一针穿双线，缝衣更缝被。

鬼伯自狰狞，我亦不畏死。
衣食不得完，去死正无几。
去死正无几，上帝其鉴诸。
面包抑何贵，血肉贱何如。

缝衣无已时，劬劳何所值；
藉草复食粝，敝衣将百结。
下有裂地板，上有漏屋顶；
素壁无粉饰，深夜挂吾影。

缝衣复缝衣，针线声飕飕；
缝衣复缝衣，作苦如罪囚。
一袖复一襟，一襟复一袖。
十指倦如何，悠悠心孔疚。

缝衣复缝衣，北风侵肌骨；

缝衣复缝衣，夏日蒸炎燠。
翩翩双飞燕，来栖破檐底；
新燕已出巢，飞鸣示予喜。

颓垣生女萝，其香何馥郁。
安得一小时，一览天地阔。
暂时停针线，幽思生远心；
莫久停针线，时刻即黄金。

暂时停针线，心苦何所思？
无爱亦无愿，百忧忽来罹。
有泪不敢滴，泪珠盈眼窝；
泪滴衣裳湿，恐碍针线过。

美人蒙敝衣，当窗理针线。
眼昏不敢睡，十指良已倦。
且唱缝衣歌，穷饿何时已。
惟愿此歌声，能至富人耳。

三、军　人　梦[1]

笳声销歇暮云沉，
耿耿天河灿列星。
战士创痍横满地，
倦者酣眠创者逝。
枕戈藉草亦蘧然，
时见刍灵[2]影摇曳。
长夜沉沉夜未央，
陶然入梦已三次。

梦中忽自顾，
身已离行伍。
秋风拂襟袖，
独行殊踽踽。
唯见日东出，
迎我归乡土。

---

① 本诗原作为英国诗人托马斯·坎贝尔（Thomas Campbell，1777—1844）的《A Soldier's Dream》。胡适于1908年10月翻译，诗人名译为"堪白尔"，刊载于1908年10月25日《竞业旬报》第31期。

② 刍灵，用草扎成的人、马，古时用以殉葬。

纵横阡陌间，
尽是钓游迹。

时闻老农刈稻歌，
又听牛羊嗥山脊。
归来戚友咸燕集，
誓言不复相离别。
娇儿数数亲吾额，
少妇情深自呜咽。
举室争言君已倦，
幸得归休免征战。
惊回好梦日熹微，
梦魂渺渺成虚愿。

铁儿曰：我译是诗，吾滋感矣！今之学者，昌言于众曰："西国诗人，每言从军之乐，以鼓励其国人爱国之心。而吾国诗人，如杜甫《兵车行》诸篇，极写从军之苦，吾国尚武之风，遂因以销歇殆尽。"

嗟夫！此瞽言也。爱国如子美，□[1]安忍出此。其《兵车行》诸作，盖有二意：一以当时将相穷兵黩武，不恤民劳，所谓"边庭流血成海水，武皇开边意未已"，"君已富土境，开边抑何多"者是也；一则以当时策勋行赏，多所埋没。十五北防河，头白还戍边，其短英雄之气亦甚矣！《前出塞》诗"丈夫誓许国，愤惋复何有；功名图麒麟，战骨当速朽"。何尝不慷慨爱国。而其后乃有"我始为奴仆，几时树功勋"；"从军十余年，能无分寸功"之语。其伤心觖望为何如耶！子美诸诗，要不外此

① 胡适原文如此。

二意。至于“男儿生世间，及壮当封侯”诸作，不谓为“从军乐”不可得也。其所以必有《新婚》、《无家》之作者，正以人穷返本，万不容已。家者国之本也，天下人安有不思家而能爱国者乎！即如堪白尔氏，生于苏格兰，苏、英之世仇也，其间独立之战，不知凡几。堪氏安忍颓其国人爱国之思，毋亦迫于人情之不容已耳。论者能言此诗果为从军乐耶！抑从军苦耶！其亦知所自反矣！

四、惊　涛　篇[①]

此亦堪氏之诗也。篇中大旨盖讥切今世婚姻制度而作。其诗为记叙体，类吾国《孔雀东南飞》诸作。共十四章，译为五言。初意颇欲效辜汤生[②]先生《痴汉骑马歌》，顾乃不类。

读者幸勿以画虎见诮也。

戊申十月，译者识

昔有亚法酋，临流急呼渡。
但得济斯流，重金非所顾。
舟子遥问讯，谁乃狎涛怒。
答言我亚酋，彼美乃吾妇。
偕亡已三日，彼父乃穷追。
一朝苟见及，吾骨将安归。
追骑日见迫，我死复何难。
一死不足惜，何以慰吾欢。
舟子告吾酋，小人愿相渡。

---

① 本诗原作为英国诗人托马斯·坎贝尔的《Lord Ullin's Daughter》。胡适于1908年10月翻译，刊载于1908年11月14日《竞业旬报》第33期。

② 辜汤生即近代大学者、翻译家辜鸿铭，字汤生。《痴汉骑马歌》是其所译英文诗的代表作。

非复恋重金，怜君有美妇。
事机亦已迫，勿复少夷犹。
波涛虽怒吼，愿急济斯流。
烈烈风怒号，惊涛拍岸飞。
问答乃未已，夜色已熹微。
暮色渐昏冥，顾乃风弥劲。
遥闻马蹄声，追兵知已近。
妇言风虽恶，趣行勿瞻顾。
侬宁犯波涛，不愿逢父怒。
小舟方离岸，骇浪拍天来。
飓风四面起，人力岂能回。
尔时老父至，目击惊涛吼。
饮泣已无时，愤惋复何有。
得儿怒流中，风涛急澎湃。
一手遥乞援，一手抱所爱。
悲怀从中来，吾儿盍来归。
吾今宥若婿，归来兮吾儿。
伤哉此愿虚，白浪遮天黑。
惊涛卷儿去，老父自饮泣。

五、晨　风　篇[①]

朗菲罗氏为美国第一诗人，其诗如吾国之陶潜，秀淡幽咽，感人最深。今译其短歌一篇，以见一二。惜余不文，不能传其神韵耳。

己酉正月

译者附记

晨风海上来，狂吹晓雾开。
晨风吹行舟，解缆莫勾留。
晨风吹村落，报道东方白。
晨风吹平林，万树绿森森。
晨风上林杪，惊起枝头鸟。
风吹郭外田，晨鸡鸣树巅。
晨风入田阴，万穗垂黄金。
冉冉上钟楼，钟声到客舟。
黯黯过荒坟，风吹如不闻。

---

① 本诗原作为美国浪漫主义诗人亨利·朗费罗（Henry Longfellow，1807—1882）的《破晓》（Daybreak）。胡适于1909年1月翻译，刊载于1909年1月12日《竞业旬报》第39期。

六、译德国诗人亥纳诗一章①

德国诗人亥纳（Heine），生于一七九七年，卒于一八五六年。生平长于短章、小诗，其诗亦敦厚，亦悱恻，感人最深。即如此诗，相思之词也。高松苦寒，诗人自况；南国芭蕉，以喻所思；冰雪火云，以喻险阻，颇类吾国比兴之旨。而其一种温柔忠厚之情，自然流露纸上。信笔译之，以寄吾友。译者。

高松岑寂羌无欢，独立塞北之寒山；
冰雪蔽体光漫漫，相思之梦来无端。

梦中东国之芭蕉，火云千里石欲焦；
脉脉无言影寂寥，欲往从之道路遥。

---

① 本诗原作为德国抒情诗人、散文家海因里希·海涅（Heinrich Heine，1797—1856）的《抒情插曲》第三十五首《松》。胡适于1912年翻译，刊载于1913年1月《留美学生年报》第2期。

七、乐观主义[1]

吾生唯知猛进兮，未尝却顾而狐疑。
见沉霾之蔽日兮，信云开终有时。
知行善或不见报兮，未闻恶而可为。
虽三北其何伤兮，待一战之雪耻。
吾寐以复醒兮，亦再蹶以再起。

此诗以骚体译说理之诗，殊不费气力而辞旨都畅达，他日当再试为之。今日之译稿，可谓为我辟一译界新殖民地也。

① 本诗原作为英国诗人、剧作家罗伯特·勃朗宁（Robert Browning，1812—1889）的《Epilogue To “Asolando”》，录于《胡适留学日记》1914年1月29日，诗人名译为“卜郎吟”。

八、裴伦《哀希腊歌》[①]

裴伦（Byron）之《哀希腊歌》，吾国译者，吾所知已有数人：最初为梁任公，所译见《新中国未来记》；马君武次之，见《新文学》；去年吾友张奚若来美，携有苏曼殊之译本，故得尽读之。兹三本者，梁译仅全诗十六章之二；君武所译多讹误，有全章尽失原意者；曼殊所译，似大谬之处尚少。而两家于诗中故实似皆不甚晓，故词旨幽晦，读者不能了然。吾尝许张君为重译此歌。昨夜自他处归，已夜深矣，执笔译之，不忍释手，至漏四下始竣事。门外风方怒号，窗棂兀兀动摇，尔时群动都寂，独吾歌诗之声与风声相对答耳。全诗如下：

一

嗟汝希腊之群岛兮，实文教武术之所肇始。

---

① 本诗原作为英国诗人、革命家乔治·戈登·拜伦（George Gordon Byron，1788—1824）的《The Isles Greece》，系其名作《唐璜》第3章第86节中的一个片段。拜伦曾积极投身希腊民族解放运动，并成为领导人之一。译作录于《胡适留学日记》1914年2月3日，后收入《尝试集》附录《去国集》。

诗媛沙浮①尝咏歌于斯兮，亦羲和素娥之故里。
今惟长夏之骄阳兮，纷灿烂其如初。
我徘徊以忧伤兮，哀旧烈之无余！

沙浮，古代女诗人，生纪元前六百年，为当日诗界之领袖，所作多绮丽之词，未尝作爱国之诗。马译爱国之诗云云，岂误读Where为Which耶？

原文第四句“Where Delos rose，and Phoebus Sprung！”马译“德娄飞布两英雄，溯源皆是希腊族”，以二神为两英雄，是大误也。苏译“情文何斐亹，荼辐思灵保”，上句杂凑成文，下句微得之而晦甚，又无注释，不易明也。Delos即Artemis，月之神；Phoebus即Apollo，日神也；吾以羲和、素娥译之，借用吾所固有之神话也。

二

悠悠兮，我何所思？
荷马兮阿难②。
慷慨兮歌英雄，缠绵兮叙幽欢。
享盛名于万代兮，独岑寂于斯土；
歌声起乎仙岛之西兮，何此邦之无语？

此章追思荷马与阿难（即阿难克利安）（Homer and

① 沙浮（Sappho），今译“萨福”，生卒年约在前630或612—前592或560，古希腊著名女抒情诗人，其诗温婉典雅、真情率性，多以爱与欲望为主题。她改革了当时诗歌创作的韵律，独创“萨福体”，在西方享有盛誉，柏拉图誉之为“第十位缪斯”。

② 阿难（Anacreon），今译“阿那克里翁”，生卒年约在前582—前485，古希腊宫廷诗人，其诗平实舒缓，多以歌颂爱情、美酒和狂欢为主题。

Anacreon）两大诗人。第一句“The Scian and Teian muse”即指二人。荷马生于Scios，故曰Scian。阿难生于Teos，故云Teian。马译为“莫说佚佃二族事”云云，故全章尽误。苏译“窣诃与谛诃，词人之所生”，稍得之矣。惟原文不指所生之地，乃指其地之诗人也，吾故直以荷马、阿难译之。

荷马之诗，多叙古英雄遗事。阿难之诗，专言爱情。后世凡言情之小诗作七字句而悱恻可诵者，谓之阿难体（Anacreontics）。原文Lover's lute初不专指女子，马苏二家都失之。

仙岛（The Islands of the Blest），古代神话言西海之尽头有仙人之岛，神仙居之。此盖以指西欧诸自由国，或专指英伦耳。

三

马拉顿[①]后兮山高，马拉顿前兮海号。
哀时词客独来游兮，犹梦希腊终自主也；
指波斯京观以为正兮，吾安能奴僇以终古也！

西历前四九〇年，波斯人大举西侵，雅典人米尔低率师大败波人于马拉顿（Marathon）。梁译此章最佳，几令我搁笔。其辞曰：马拉顿后兮山容缥缈，马拉顿前兮海波环绕。如此好山河也应有自由回照，我向那波斯军墓门凭吊。不信我为奴为隶今生便了，难道我为奴为隶今生便了。

原文“I dreamed that Greece might still be free”乃愿望之词，马译“犹梦希腊是自由”，殊失之；苏译“希腊如可兴，我从梦

① 马拉顿，今译“马拉松”。马拉松平原位于雅典东北四十二公里的爱琴海边，面朝阿提克海峡，背后群山环抱。公元前490年，雅典军队在此击败波斯国王大流士一世的侵略大军。

中睹”，尤弱矣。

四

彼高崖何巉岩兮，俯视沙拉米[1]之滨；
有名王尝踞坐其巅兮，临大海而点兵。
千樯兮照海，列舰兮百里。
朝点兵兮，何纷纷兮！
日之入兮，无复存兮！

马拉顿之战，波斯人耻之。后十年（前四八〇年），新王Xerxes大举征希腊，大舰千二百艘，小舟三千艘，军威之盛，为古史所未见。希人御之，战于沙拉米（Salamis）（前四八〇年）。波师大败，失二百艘，余舰皆遁。明年，复为斯巴达之援师所大败，波斯自此不复西窥矣。

马译：“吁嗟乎，白日已没夜已深，希腊之民无处寻”，全失原意矣。苏译“晨朝大点兵，至暮无复存”，是也；下二句则杂凑无理矣。

五

往烈兮难追；
故国兮，汝魂何之？
侠子之歌，久销歇兮，

---

① 沙拉米，今译“萨拉米斯”。公元前480年，波斯国王薛西斯一世率30万大军、战舰1207艘，分水陆两路征伐希腊。希腊舰队在萨拉米斯海湾内发起突然袭击，发挥船小灵活、在狭窄海湾运转自如的优势，以接舷战和撞击战反复突击，重创波斯舰队。

英雄之血，难再热兮，
古诗人兮，高且洁兮；
琴荒瑟老，臣精竭兮。

此章译者颇自憙，以为有变徵之声也。末二句苏译“琴兮国所宝，仍世以为珍，今我胡疲苶，拱手与他人”，全失原意。第二句原文：“And where art thou，my Country？”非用骚体不能达其呼故国而问之之神情也。

六

虽举族今奴虏兮，岂无遗风之犹在？
吾慨慷以悲歌兮，耿忧国之魂磊。
吾惟余赪颜为希人羞兮，吾惟有泪为希腊洒。

七

徒愧赧曾何益兮，嗟雪涕之计拙；
独不念吾先人兮，为自由而流血？
吾欲诉天阍兮，还我斯巴达之三百英魂兮！
但令百一存兮，以再造吾瘦马披离[①]之关兮！

瘦马披离（Thermopylae），关名。纪元前四八〇年之战，勇士三百人守此，关破，尽死之。

① 瘦马披离，直译为“温泉关”，是北、中希腊之间的交通要冲。公元前480年，斯巴达国王列奥尼达率300名斯巴达战士在此坚守，抵御波斯大军，最终全部阵亡。他们视死如归的精神一直被后世所赞扬。

八

沉沉希腊，犹无声兮；
惟闻鬼语，作潮鸣兮。
鬼曰："但令生者一人起兮，吾曹虽死，终阴相尔兮！"
呜咽兮鬼歌，
生者之瘖兮奈鬼何！

此章全取马译，略易数字而已。

九

吾哓哓兮终徒然！已矣兮何言！
且为君兮歌别曲，注美酒兮盈尊！
姑坐视突厥之跋扈兮，
听其宰割吾胞与兮，
君不闻门外之箫鼓兮，
且赴此贝凯之舞兮！

原文第三四句，指一八二二年突厥人屠杀Scios城事。此城即荷马所生地也。贝凯者（Bacchanal），赛神之会，男女聚合巫觋舞祷以娱神。

十

汝犹能霹雳之舞兮，霹雳之阵今何许兮？

舞之靡靡犹不可忘兮，奈何独忘阵之堂堂兮？
独不念先人佉摩[①]之书兮，宁以遗汝庸奴兮？

霹雳（Pyrrhic）源出Pyrrhus，希腊Epirus之王，尝屡胜罗马人。

霹雳之舞为战阵之舞，如吾国之《武功舞》、《破阵乐》耳，盖效战阵之声容而作也。

原文“Of two such lessons，why forget the nobler and the manlier one？”极不易译，吾以“舞之靡靡”对“阵之堂堂”，以曲传其“The nobler and the manlier”之意，盖煞费苦心矣。佉摩（Cadmus）相传为腓尼西之王，游希腊之梯伯部，与龙斗，屠龙而拔其齿，种之皆成勇士，是为梯伯之始祖。又相传佉摩自腓尼西输入字母，遂造希腊文（神话）。

十一

怀古兮徒烦冤，
注美酒兮盈尊！
一醉兮百忧泯！
阿难醉兮歌有神。
阿难盖代诗人兮，
信尝事暴君兮；
虽暴君兮，
犹吾同种之人兮。

阿难见宠于希王Polycrates，史称其为暴王。

① 佉摩，今译“卡德摩斯”，古希腊神话中的英雄，腓尼基王子。

十二

吾所思兮，米尔低[1]兮，
武且休兮，保我自由兮。
吾抚昔而涕淋浪兮，遗风谁其嗣昌？
诚能再造我家邦兮，虽暴主其何伤？

米尔低，英主也，尝败波斯之军于马拉顿之战，遂霸希腊。

按此二章盖愤极之词。其意以为屈服于同种之英主，犹可忍也；若异族之主，则万不可忍受耳。盖当时民族主义方炽，故诗人于种族观念尤再三言之。民权之说，几为所掩。君武译此二章，似有意更易其辞，故有“本族暴君罪当诛，异族暴君今何如”云云，其用心盖可谅也。

十三

注美酒兮盈杯，悠悠兮吾怀！
汤汤兮白阶之岸，崔巍兮修里之崖，
吾陀离民族兮，实肇生于其间；
或犹有自由之种兮，历百劫而未残。

希腊两大民族：一为伊俄宁[2]族（Ionians），一即陀离[3]族也

① 米尔低，今译“米太亚得”，生卒年约在前554或550年—前489年，古希腊雅典统帅，约公元前524年任执政官。马拉松战役中，指挥雅典重装步兵巧布方阵，大败波斯军。

② 伊俄宁，今译“伊奥尼亚”或“爱奥尼亚”，古希腊对今日土耳其安那托利亚西岸中部地区和爱琴海东部诸岛的称呼。伊奥尼亚人是古希腊民族重要的东部支系成员，于公元前2000年左右在爱琴海岸定居，后结盟为伊奥尼亚联盟。

③ 陀离，今译“多利安”。多利安人原居于希腊北部和西北部，约公元前12到11世纪，他们穿过希腊中部，涌入伯罗奔尼撒半岛，毁灭了迈锡尼文明。

（Dorians）。陀离稍后起，起于北方，故有白阶修里云云。修里山在西北部，独立之役，修里人（Suliolites）最有功。

十四

法兰之人，乌可托兮，
其王贪狡，不可度兮。
所可托兮，希腊之刀；
所可任兮，希腊之豪。
突厥慓兮，拉丁狡兮，
虽吾盾之坚兮，吾何以自全兮？

希腊独立之役[①]之起也（一八二一），“神圣同盟”之墨犹未干，欧洲君主相顾色变，以为民权之焰复张矣，故深忌之，或且阴沮尼[②]之，法尤甚焉。

此章屡易稿始成。

十五

注美酒兮盈杯！美人舞兮低徊！
眼波兮盈盈，一顾兮倾城；
对彼美兮，泪下不能已兮；
子兮子兮，胡为生儿为奴婢兮！

此章译者以为全篇最得意之作。

---

① 指1821年2月至1829年9月，希腊反抗奥斯曼土耳其帝国的独立战争。
② 沮尼：阻止。

十六

置我乎须宁[1]之岩兮，狎波涛而为伍；
且行吟以悲啸兮，惟潮声与对语；
如鸿鹄之逍遥兮，
吾将于是老死：
奴隶之国非吾土兮，——
碎此杯以自矢！

此诗全篇吾以四时之力译之，自视较胜马苏两家译本。一以吾所用体较恣肆自如，一以吾于原文神情不敢稍失，每委曲以达之。至于原意，更不待言矣。能读原文者，自能知吾言非自矜妄为大言也。

所注各节，皆根据群籍，不敢以己意揣测也。

附：《去国集》中该译诗序

英国诗人裴伦所著。裴伦George Gordon Byron生于西历一七八八年，死于一八二四年。死时才三十六岁，而著作等身，诗名盖世，亦近代文学史上一怪杰也。其平生行事详诸家专传，不复述。

此歌凡十六章，见裴伦所著长剧《唐浑》[2]Don Juan中。托为希腊诗人吊古伤今之辞，以激励希人爱国之心。其词至慷慨哀

① 须宁（Sunium），今译“苏纽姆”。公元前440年，希腊人在航海必经的孔道苏纽姆岬上修建了一座壮丽的波塞冬神庙，所有进出雅典的船只都可以遥望到这座海神庙。

② 即拜伦代表作之一，长篇诗体小说《唐璜》。全书以贵族唐璜的种种浪漫奇遇，描写了欧洲社会的人物百态和社会风情，画面广阔、内容丰富，文笔半庄半谐、夹叙夹议，以其深刻的思想内容和独特的艺术风格，被誉为“绝顶天才之作”。

怨。“唐浑”一剧，读者今已甚寡。独此诗传诵天下。当希腊独立之师之兴也，裴伦耻其仅以文字鼓舞希人，遂毁家助饷。渡海投独立军自效。未及与战而死。巴尔干半岛之人，至今追思之不衰。今希腊已久脱突厥之羁绊。近年以来，尤能自振拔，为近东大国。虽其文明武功或犹未逮当日斯巴达雅典之盛，然裴伦梦想中独立自主之希腊，则已久成事实。惜当年慷慨从军之诗人，不及生见之耳。

此诗之入汉文，始于梁任公之《新中国未来记》小说。惟任公仅译一三两章。其后马君武译其全文，刊于《新文学》中。后苏曼殊复以五言古诗译之。民国二年，吾友张耘来美洲留学，携有马苏两家译本。余因得尽读之。颇嫌君武失之讹，而曼殊失之晦。讹则失真，晦则不达，均非善译者也。当时余许张君为重译此诗。久而未能践诺。三年二月一夜，以四小时之力，译之。既成复改削数月，始成此本。更为之注释，以便读者。盖诗中屡用史事，非注，不易领会也。

裴伦在英国文学上，仅可称第二流人物。然其在异国之诗名，有时竟在萧士比、弥儿敦[①]之上。此不独文以人传也。盖裴伦为诗，富于情性气魄，而铸词炼句，颇失之粗豪。其在原文，疵瑕易见。而一经翻译，则其词句小疵，往往为其深情奇气所掩，读者仅见其所长，而不觉其所短矣。裴伦诗名之及于世界，此亦其一因也。

五年五月十一夜

---

① 萧士比即莎士比亚；弥儿敦，今译“弥尔顿”，英国诗人、政论家，代表作《失乐园》。

九、大　梵　天[1]

第一章

杀人者自谓能死人，见杀者自谓死于人，
两者皆未深知吾所运用周行之大道者也。
（吾，天自谓也，下同。）

老子曰："常有司杀者杀。夫代司杀者杀，是谓代大匠斫。夫代大匠斫者，希有不伤其手者矣。"

第三章

弃我者，其为计拙也。
背我而高飞者，不知我即其高飞之翼也。
疑我者，不知疑亦我也，疑我者亦我也。

---

① 本诗原作为美国思想家、文学家、诗人拉尔夫·沃尔多·爱默生（Ralph Waldo Emerson，1803—1882）的《Brahma》。录于《胡适留学日记》1914年9月7日，诗人名译为"爱麦生"。

其歌颂我者，不知其歌亦我也。

爱麦生为此邦最大思想家，其哲学大旨，以为天地万物，皆备于我，善恶皆由我起，苟自得于中，何求于外物？人但求自知足矣，天（上帝）即在人人心中，何待外求？爱氏最重卡莱儿[①]，两人终生最相敬爱，两人之思想魄力都有相似处。近人范戴克（Henry van Dyke）曰“爱麦生是一慈祥之卡莱儿，终生居日光之中；卡莱儿是一肃杀之爱麦生，行疾雷骤雨之中”是也。爱麦生思力大近东方（印度）哲学。犹忆其《大梵天》一诗，铸辞命意，都不类欧美诗人。

今录其一、三两章于此。

---

① 卡莱儿（Carlyle），今译“卡莱尔”，生卒年在1795年至1881年，苏格兰哲学家、评论家、讽刺作家、历史学家，与爱默生惺惺相惜，彼此敬重。

十、康　可　歌[①]

小桥跨晚潮，春风翻新旆。
群啬此倡义，一击惊世界。

“英兵驱散民党后，进至康可[②]，搜获所存军火。将退出，民军隔岸轰击之，遂复战。时民党‘片刻队’（Minute Men者，其人相约有事则片刻之间可以应召，故名）[③]已集五百人，官军大败，是为康可之战。战地今则浅草如茵，长槐夹道，河水（唐可河）迂回，有小桥接两岸。桥东为表忠之碑，桥西为‘片刻队’铜像，上刻爱麦生《康可歌》四句。”……按《康可歌》共四章，这四句只为第一章。

① 本诗原作为爱默生的《Concord Hymn》，录于《胡适留学日记》1914年9月7日。

② 康可，今译“康科德”。1775年4月18日，英国驻北美总司令派出军队到马萨诸塞州康科德镇，搜查民兵的秘密军火库，次日清晨在莱克星顿遭民兵伏击，美国独立战争第一枪就此打响。

③ 独立战争期间，马萨诸塞州组织了特殊民兵组织“Minute Men”（今译“一分钟人”或“迅战队”），成员从各地民兵中挑选。顾名思义，该组织具有高机动性、快速部署的特点，令殖民地能够迅速应对战斗。其成员出则为兵入则为民，为独立战争的胜利立下汗马功勋，在北美享有盛誉。

十一、墓门行①

纽汉薛尔省②北武司托村③道旁有丛葬冢地，一日有无名氏题诗冢门。其诗昨见《晚邮报》，为信笔译之。又记此为序。

又：四年四月十二日，读《纽约晚邮报》，有无名氏题此诗于屋斯托克（North Woodstock N.H.）村外丛冢门上。词旨凄惋，余且读且译之。遂成此诗。已付吾友叔永，令刊《季报》中矣。一日，偶举此诗，告吾友客鸾女士（Marion D.Crane）。女士自言有友克琴君（Arthur Ketchum）工诗，又尝往来题诗之地，此诗或出此君之手，亦未可知。余因嘱女士为作书询之。后数日，女士告我，新得家书，附有前所记之诗，乃别自一报剪下者。附注云："此诗乃克琴君所作。"女士所度果不谬，余亦大喜。因作书，并写译稿寄之，遂订交焉。此亦一种文字因缘，不可不记。因记之以为序。

---

① 本诗原作为美国诗人亚瑟·克琴（Arthur Ketchum）的《Roadside Rest》。录于《胡适留学日记》1915年4月12日。

② 纽汉薛尔省（New Hampshire），今译"新罕布什尔州"，位于美国东北部。

③ "北武司托村"与下文的"屋斯托克"，今译"北伍德斯托克"，新罕布什尔州的一个镇。

伊人寂寂而长眠兮，
任春与秋之代谢。
野花繁其弗赏兮，
亦何知冰深而雪下？
水潺湲兮，
长杨垂首而听之。
鸟声喧兮，
好音谁其应之？
风呜咽而怒飞兮，
陈死人安所知兮？
和平之神，
穆以慈兮。
长眠之人，
于斯永依兮。

十二、老洛伯[1]

序

著者为苏格兰女诗人Anne Lindsay夫人（1750—1825）。夫人少年时即以文学见称于哀丁堡。初嫁Andrew Barnard，夫死，再嫁James Band Burges。当代文人如Burke及Sheridan皆与为友。Scott尤敬礼之。

此诗为夫人二十一岁时所作，匿名刊行。诗出之后，风行全国，终莫知著者为谁也。后五十二年，Scott于所著小说中偶言及之，而夫人已老，后二年，死矣。

此诗向推为世界情诗之最哀者。全篇作村妇口气，语语率真，此当日之白话诗也。

一

羊儿在栏，牛儿在家，
静悄悄地黑夜，
我的好人儿早在我身边睡了，

① 本诗原作为苏格兰女诗人安妮·琳赛（Anne Lindsay）的《Auld Robin Gray》。译于1918年3月1日，载1918年4月15日《新青年》第四卷第4号。

我的心头冤苦，都迸作泪如雨下。

二

我的吉梅他爱我，要我嫁他。
他那时只有一块银圆，别无什么；
他为了我渡海去做活，
要把银子变成金，好回来娶我。

三

他去了没半月，便跌坏了我的爹爹，病倒了我的妈妈；
剩了一头牛，又被人偷去了。
我的吉梅他只是不回家！
那时老洛伯便来缠着我，要我嫁他。

四

我爹爹不能做活，我妈他又不能纺纱，
我日夜里忙着，如何养得活这一家？
多亏得老洛伯时常帮衬我爹妈，
他说，“锦妮，你看他两口儿分上，嫁了我罢。”

五

我那时回绝了他，我只望吉梅回来讨我。
又谁知海里起了大风波，——
人都说我的吉梅他翻船死了！

只抛下我这苦命的人儿一个！

六

我爹爹再三劝我嫁；
我妈不说话，他只眼睁睁地望着我，
望得我心里好不难过！
我的心儿早已在那大海里，
我只得由他们嫁了我的身子！

七

我嫁了还没多少日子，
那天正孤孤凄凄地坐在大门里，
抬头忽看见吉梅的鬼！——
却原来真是他，他说，“锦妮，我如今回来讨你。”

八

我两人哭着说了许多言语，
我让他亲了一个嘴，便打发他走路。
我恨不得立刻死了，——只是如何死得下去！
天呵！我如何这般命苦！

九

我如今坐也坐不下，那有心肠纺纱？
我又不敢想着他：

想着他须是一桩罪过。
我只得努力做一个好家婆，
我家老洛伯他并不曾待差了我。

七年三月一夜译

十三、关不住了！[1]

我说“我把心收起，
像人家把门关了，
叫爱情生生的饿死，
也许不再和我为难了。”

但是五月的湿风，
时时从屋顶上吹来；
还有那街心的琴调，
一阵阵的飞来。

一屋里都是太阳光，
这时候爱情有点醉了，
他说，“我是关不住的，
我要把你的心打碎了！”

八年二月二十六日译

① 本诗原作为美国女诗人莎拉·蒂斯黛尔（Sara Teasdale，1884—1933）的《Over the Roofs》。译于1919年2月26日，载1919年3月15日《新青年》第六卷第3号。

十四、奏乐的小孩[1]

爵爷的宴会要他奏乐，
太太不时高兴又要他奏乐。
直到后来他的小头发疼，
他的小脑要昏晕了。

他的脸儿渐渐瘦削，
他的大眼睛也变了样子了，
他们方才说："他乏了，
让他今晚休息一天。"——太迟了！

到天明百鸟醒时，
他们正在病房里守着，
愁惨里嘣的一声，
一根绷紧的线断了。

他的大琴上断了一根弦，

① 本诗原作为英国诗人、随笔作家亨利·奥斯汀·多布森（Henry Austin Dobson，1840—1921）的《The Child Musician》。载1919年11月1日《新青年》第六卷第6号，署名"天风"。

他在床上微微翻动，
他最后的话是：“好上帝！
一个疲劳的小孩子来了。”

十五、译Michau诗[1]

快要圆的新月挂在天空，
皎洁的和十年前一样。
好容易盼得你这时来，
却仍让我独自个儿赏！

十三，十，三十。

① 本诗作者为法国诗人、画家亨利·米修（Henri Michau，1899—1984）。译于1924年10月30日，诗人名译为“米超”。载于《胡适之先生诗歌手迹》。

十六、别　离[1]

不见也有不见的好处：
我倒可以见着她，
不怕有谁监着她，
在我脑海的深窈处，
我可以抱着她，亲她的脸；
虽然不见，抵得长相见。

十三，十一，十二。

今早读完Hardy[2]的The Hand of Ethelberta[3]，其第二册第十三章有此诗，我读了觉得它好玩，遂译了出来。（此是John Donne的Absense[4]的末章）

① 本诗原作为英国玄学派诗人约翰·邓恩（John Donne，1573—1631）的《Absense》，是1611年邓恩前往巴黎时，赠给所爱女子的临行诗。胡适译于1924年11月12日，载于1924年11月24日《语丝》周刊第2期。《胡适诗存》及某些选本，错将此诗原作者误为托马斯·哈代。

② Hardy，指英国诗人、小说家托马斯·哈代（Thomas Hardy），生卒年在1840年至1928年。代表作有《德伯家的苔丝》《无名的裘德》《还乡》等。

③ The Hand of Ethelberta：哈代的小说杰作《埃塞贝妲的婚事》，讲述仆人之女埃塞贝妲充满悲欢离合与讽刺意味的婚姻故事。

④ Absense：约翰·邓恩最著名的代表诗作《别离辞》。

十七、译白郎宁的《清晨的分别》[1]

刚转个湾，忽然眼前就是海了，
太阳光从山头上射出去：
他呢，前面一片黄金的大路，
我呢，只剩一个空洞洞的世界了。

十四年三月

---

① 本诗原作为英国诗人、剧作家罗伯特·勃朗宁（Robert Browning，1812—1889）的《Parting at Morning》。胡适译于1925年3月，诗人名译为“白郎宁”。载于1926年1月《现代评论》第一年纪念增刊。

十八、译白郎宁的《你总有爱我的一天》[1]

你总有爱我的一天!
我能等着你的爱慢慢地长大。
你手里提的那把花,
不也是四月下的种,六月才开的吗?

我如今种下满心窝的种子,
至少总有一两粒生根发芽,
开的花是你不要采的,——
不是爱,也许是一点儿喜欢罢。

我坟上开的一朵紫罗兰,——
爱的遗迹,——你总会瞧他一眼:
你那一眼吗?抵得我千般苦恼了。
死算什么?你总有爱我的一天。

十四年五月

① 本诗原作为罗伯特·勃朗宁的《You Will Love Me Yet》。胡适译于1925年5月,流亡美国后,将此译诗编入1952年的《尝试后集》第一编。

十九、译薛莱的小诗[①]

歌喉歇了，
韵在心头；
紫罗兰病了，
香气犹留。

蔷薇谢后，
叶子还多；
铺叶成茵，
留给有情人坐。

你去之后，
情思长在，
魂梦相依，
慰此孤单的爱。

十四，七，十一。

---

① 本诗原作为英国浪漫主义诗人、作家珀西·比希·雪莱（Percy Bysshe Shelley，1792—1822）的《Music，When Soft Voices Die》。胡适译于1925年7月11日，诗人名译为“薛莱”。载于1926年1月《现代评论》第一年纪念增刊。

二十、月　光　里[1]

“喂，孤寂的工人，你为什么
痴痴地站在这儿瞪着伊的坟墓，
好像偌大的坟园只葬着伊一个？”

“万一你那双绝望的眼睛，
在这凄冷的月光里恼怒了伊的魂灵，
万一伊的鬼走了出来，可不要吓死了人？”

“你懂什么！那可不真趁了我的心愿！
我宁愿见伊的鬼，不愿看谁的面。
可怜呵，我那会有那样的奇缘！”

“这样看来，伊一定是你恋爱的人，
安乐与患难变不了你的心；
如今伊死了，你便失了你的光明？”

---

① 本诗原作为英国诗人、小说家托马斯·哈代的《In The Moonlight》，译于1925年7月23日，载于《尝试后集》第二编。

“不是的：伊不曾受过我爱情的供养；
我当时总觉得别人都比伊强；
可怜伊在日，我从不曾把伊放在心上！”

十四，七，二十三。

二十一、竖　琴　手[①]

谁不曾含着眼泪咽他的饭，
谁不曾中夜叹息，睡了又重起，
泪汪汪地等候东方的复旦，——
伟大的神明呵，他不会认识你。

附：1952年修订后记

葛德此诗出版在一七九五年，初见于他的“Wilhelm Meisters Lehrjahre”的第十三章。十一年后（一八〇六），拿破仑破灭普鲁士王国，普鲁士王后露易沙（Louisa）出奔，在kÖnigsberg的一个小旅店里避难，她感慨当日身受的苦痛，脱下金刚钻石戒指，把这四行诗写在旅店的玻璃窗上。

四十一年（一九五二）九月十日

① 本诗原为德国思想家、诗人、作家约翰·沃尔夫冈·冯·歌德（Johann Wolfgang von Goethe，1749—1832）的小说《威廉·迈斯特的学习年代》第2部第13章中，弹竖琴老者所唱之诗。胡适译于1925年8月20日，诗人名译为“葛德”。载1926年3月29日《晨报副镌》。此诗颇为有名，当年曾引发文坛笔战。

二十二、译莪默（Omar Khayyam）诗两首[①]

一

来！
斟满了这一杯！
让春天的火焰烧了你冬天的忏悔！
青春有限，飞去不飞回。——
痛饮莫迟挨！

二

要是天公换了卿和我，
该把这糟糕世界一齐都打破，
再团再炼再调和，
好依着你我的安排，

---

① 这两首诗的作者为波斯诗人、数学家、天文学家、哲学家莪默，今译欧玛尔·海亚姆（Omar Khayyam，1048～1131）。译诗来自胡适所译小说《戒酒》。其中第二首，胡适曾于1919年2月28日译第一稿，以《希望》为名，载于《新青年》第六卷第4号。1942年2月17日，胡适在致赵元任的信中，又将该诗全面重译了一遍。

把世界重新造过。

十七年八月二十一日译

附1：1919年2月28日译稿

希望

要是天公换了卿和我，
该把这糊涂世界一齐都打破，
要再磨再炼再调和，
好依着你我的安排，
把世界重新造过！

八年二月二十八日译英人Fitz Gerald[①]所译波斯诗人Omar Khayyam（d-1123 A.D.）的Rubaiyat（绝句）诗第一百零八首。

附2：1942年2月17日致赵元任信中改译《鲁拜集》一首

前些时，一天晚上睡不着，我把这首诗改翻了，开了电灯，记在一个本子上，才睡了。后来周鲠生看了这新译本，说是比旧译好得多了。我把这稿子抄给你看，请你不客气的修改，请你注

① Fitz Gerald，即英国诗人、翻译家爱德华·菲兹杰拉德（1809—1883）。莪默的诗歌原本在欧洲默默无闻，直到1859年菲氏整理翻译了《鲁拜集》，将其译介到英语世界。由于菲氏的译本属于创作型翻译，文笔既优美流畅，又保持了原诗的韵律形式，琅琅上口，意蕴无穷，不几年间就广为流传。菲氏又不断修订，将此书译过五稿，终于使莪默走进欧美千家万户，成为英语文学的经典。我国大部分对莪默诗歌的翻译，都是从菲氏的英译本转译。可以说，没有菲茨杰拉德，就没有莪默和《鲁拜集》在欧美，进而在全世界的风靡。

意修改两个方面：一是白话的文法和“习语”（idiom），二是音节。还有第三方面，就是译文的正确程度。

倘使咱（们）俩能和老天爷打成了一气，
好教咱抓住了这整个儿天和地，
咱可不先要打破了这不成样子的东西，
再从头改造翻新，好教咱（？）真个称心如意！

这时候翻译“莪马”[1]当然还是“借他人的酒杯，浇自己胸中的块垒”呵！

在改诗工作上，你府上还有韵卿和四位小姐，你们都能帮我改白话。

适之

卅一，二，十七

① 莪马：即莪默。

二十三、一枝箭一只曲子[1]

我望空中射出了一枝箭，
射出去就看不见了。
他飞的那么快，
谁知道他飞的多么远了？
我向空中唱了一只曲子，
那歌声四散飘扬了。
谁也不会知道，
他飘到天的那一方了。

过了许久许久的时间，
我找着了那枝箭，
钉在一棵老橡树高头，
箭杆儿还没有断。

那只曲子，我也找着了，——

① 本诗原作为美国浪漫主义诗人亨利·朗费罗的《The Arrow and the Song》，译于1943年6月14日，载于1956年9月20日台北《文学杂志》第1卷第1期。

说破了倒也不稀奇，——
那只曲子，从头到尾，
记在一个朋友的心坎儿里。

一九四三　六　十四夜初译 六　二十三改稿

这是美国诗人Henry Wadsworth Longfellow的一首小诗，题为The Arrow and the Song，原为三节，我把第三节分做两节，比较明白一点。

这诗不算是朗菲罗的好诗，但是第三节人多爱念。我十几岁时在中国公学念这首诗，就想译他。那时候我还写古文，总觉得翻译不容易。今夜试用白话，稍稍改换原诗文字，译出后还觉得不很满意。

适之

附录

谈谈“胡适之体”的诗

胡适

今年一月到上海，才知道南方谈文艺的朋友有所谓“胡适之体新诗”的讨论。发起这个讨论的是陈子展先生，他主张“胡适之体可以说是新诗的一条新路”。后来有赞成的，有反对的，听说是反对的居多。

这真使我“受宠若惊”了！我这十四年来差不多没有发表什么新诗；有时候，偶然写了一两首，或者寄给朋友看看，或者送给办杂志的朋友去填空白，从来没有收集过。我总觉得新诗的运动已有许多新诗人在那儿努力了，用不着我这“缠过脚的女人”去参加了。所以这十四年来，我自己只做自己的诗，好和歹我自己知道，我从不希望别人学我的诗，正如我不希望我自己学别人的诗一样。我万想不到陈子展先生会提出“胡适之体”来讨论，使我又无端挨了不少的骂。

挨骂是小事，子展先生的好意是我应该感谢的。他说：

> 胡先生呵，你不要说“提倡有心，创造无力”。我很希望你仍旧拿出先驱者的精神，在新诗上创造一种“胡适之体”。这在你的前途上打算似乎不失为一条路，在新诗运动上也不妨做一条

> 路——许多路中的一条路。便是失败，也可以告诉无数的来者“此路不通”！
>
> ——《申报·文艺周刊》第六期

使我感觉兴趣的，是陈子展先生举的“胡适之体”的例子。他举的是我去年在空中写的“飞行小赞”，各报引此诗颇有脱误，我把它钞在下面：

看尽柳州山，
看遍桂林山水，
天上不须半日，
地上五千里。

古人辛苦学神仙，
要守百千戒。
看我不修不炼，
也腾云无碍。

子展先生说：

> 像《飞行小赞》那样的诗，似乎可说是一条新路。老路没有脱去模仿旧诗词的痕迹，真是好像包细过的脚放大的。新路是只接受了旧诗词的影响，或者说从诗词蜕化出来，好像蚕子已经变成了蛾。即如《飞行小赞》一诗，它的音节好像辛稼轩的一阕小令，却又不像是有意模仿出来的。

其实《飞行小赞》也是用《好事近》词调写的，不过词的规矩是上下两半同韵，我却换了韵脚。我近年爱用这个调子写小诗，因为这个调子最不整齐，颇近于说话的自然；又因为这个调子很简短，必须要最简炼的句子，不许有一点杂凑堆砌，所以是做诗的最好训练。我向来喜欢这个调子，偶然用它的格局做我的小诗组织的架子，平仄也不拘，韵脚也可换可不换，句子长短也有时不拘，所以我觉得自由的很。至少我觉得这比勉强凑成一首十四行的“桑籁体”要自由的多了！

以上说的只是要指出，子展先生说的“胡适之体的新路”，虽然是“胡适之体”，而不是“新路”，只是我试走了的一条“老路”。我自己走我的路，不管别人叫它新旧，更不敢冒充“创造”。我曾屡次说过：“工具用的熟了，方法练的细密了，有天才的人自然会‘熟能生巧’：这一点工夫到时的奇巧新花样，就叫做创造。”现在有许多人，语言文字的工具还不会用，就要高谈创造，我从来没有这种大胆子。

我藉这个机会，要说明所谓“胡适之体”，如果真有这个东西，当然不仅仅是他采用的什么形式，因为他做的诗并不限于《飞行小赞》这一类用词调作架子的小诗。“胡适之体”只是我自己尝试了二十年的一点点小玩意儿。在民国十三年，我作我的侄儿胡思永的遗诗序，曾说：

> 他的诗，第一是明白清楚，第二是注重意境，第三是能剪裁，第四是有组织、有格式。如果新诗中真有胡适之派，这是胡适之的嫡派。

我在十多年之后，还觉得这几句话大致是不错的。至少我自己做了二十年的诗，时时总想用这几条规律来戒约我自己。平常所谓某人的诗体，依我看来，总是那个诗人自己长期戒约自己，训练自己的结果。所谓“胡适之体”，也只是我自己戒约自己的结果。我做诗的戒约至少有这几条：

第一，说话要明白清楚。古人有“言近而旨远”的话，旨远是意境的问题，言近是语言文字的技术问题。一首诗尽可以有寄托，但除了寄托之外，还需要成一首明白清楚的诗。意旨不嫌深远，而言语必须明白清楚。

古人讥李义山的诗“苦恨无人作郑笺”，其实看不懂而必须注解的诗，都不是好诗，只是笨谜而已。我们今日用活的语言作诗，若还叫人看不懂，岂不应该责备我们自己的技术太笨吗？我并不说，明白清楚就是好诗；我只要说，凡是好诗没有不是明白清楚的。至少“胡适之体”的第一条戒律是要人看得懂。

第二，用材料要有剪裁。消极的说，这就是要删除一切浮词凑句；积极的说，这就是要抓住最扼要最精彩的材料，用最简炼的字句表现出来。十几年前，我曾写一首诗，初稿是三段十二行，后来改削成两段八行，后来又删成一段四行：

> 放也放不下，
> 忘也忘不了：——
> 刚忘了昨儿的梦，
> 又分明看见梦里的一笑。

最后我把前两行删了，只留最后两行。我并不是说，人人都该做小诗。长诗自有长诗的用处。但长诗只是不得不长，并不是把浮词凑句硬堆上去叫它拉长。古人所谓“增之一分则太长，减之一分则太短”，才是剪裁的真意义。

第三，意境要平实。意境只是作者对于某种题材的看法。有什么看法，才有什么风格。古人所谓“诗品”，如司空图的《二十四诗品》，大概都是指诗的风格。其实风格都是从意境出来；见解是因，风格是果。“采菊东篱下，悠然见南山”，是一种意境。“朱门酒肉臭，路有冻死骨”，是一种意境。“隔户杨柳弱袅袅，恰似十五女儿腰。谁谓朝来不作意？狂风挽断最长条。”又是一种意境。“人散庙门灯火尽，却寻残梦立多时”，又是一种意境。往往一个人在不同的时代可以有不同的意境：年龄，学问，经验，都可以影响他对于事物的看法。杜甫中年的诗和晚年的诗风格不同，只是因为他的见解变了，意境变了，所以风格也变了。在诗的各种意境之中，我自己总觉得“平实”、“含蓄”、“淡远”的境界是最禁得起咀嚼欣赏的。“平实”只是说平平常常的老实话，“含蓄”只是说话留一点余味，“淡远”只是不说过火的话，不说“浓的化不开”的话，只疏疏淡淡的画几笔。这几种境界都不是多数少年人能赏识的。但我早说过，我只做我自己的诗，不会迎合别人的脾胃。这几种境界都不是容易做到的，我决不敢说我近十多年来的诗都做到了这种境界。不过我颇希望我的诗不至于过分的违反我最喜欢的意境。例如徐志摩死后，我只写了这样一首诗：

狮子（志摩住在我家中时最喜欢的猫）

狮子蜷伏在我的背后，
软绵绵的他总不肯走。
我正要推他下去，
忽然想起了死去的朋友。
一只手拍着打呼的猫，
两滴眼泪湿了衣袖：
“狮子，你好好的睡罢。
你也失掉了一个好朋友！”

就在一种强烈的悲哀情感之中，我终觉得这种平淡的说法还是最适宜的。又如我写的《第五十九军抗日战死将士公墓碑铭》：

这里长眠的是二百零三个中国好男子！
他们把他们的生命献给了他们的祖国。
我们和我们的子孙来这里凭吊敬礼的，
要想想我们应该用什么报答他们的血！

这里固然谈不到“含蓄”，至少还是“平实”的说话。又如我上文引的小诗：

刚忘了昨儿的梦，
又分明看见梦里的一笑。

这样的写情诗，少年的新诗人当然感觉“不过瘾”。但我自己承认我受的训练只许我说这样平淡的话。

我举这几首诗做例子，并不是说他们都是好诗，只是用他们表示我自己努力的方向。这个方向在《尝试集》的后期已大致决定了。《尝试集》的诗，我自己最喜欢的一首是许多选新诗的人不肯选的。那一首的题目是“十一月二十四夜”：

老槐树的影子，
在月光的地上微晃；
枣树上还有几个干叶，
时时做出一种没气力的声响。

西山的秋色几回招我，
不幸我被我的病拖住了。
现在他们说我快要好了，
那幽艳的秋天早已过去了。

这诗的意境颇近于我自己欣羡的平实淡远的意境。十五年来，这种境界似乎还不曾得着一般文艺批评家的赏识。但我自己并不因此放弃我在这一个方向的尝试。我在十五年前曾说过：

醉过方知酒浓，

爱过方知情重：——
你不能做我的诗，
正如我不能做你的梦。

——《梦与诗》（《尝试集》页九二）

所以我近年只做我自己的诗，从不想劝别人做我的诗，也不妄想别人喜欢我的诗。今天我一时高兴，谈谈“胡适之体”是什么，并不是宣传什么教义，只是要报告胡适之至今还在尝试什么小玩意儿而已。

二十五·二·五